Lilia Selice

THE SPEAKER´S GAME

LILIA SELICE

THE SPEAKER´S GAME

Dieser Roman ist ein fiktives Werk. Namen, Charaktere, Orte und Ereignisse entspringen der Vorstellungskraft der Autorin oder werden fiktiv verwendet. Ähnlichkeiten mit lebenden oder verstorbenen Personen, Ereignissen oder Orten sind rein zufällig.

Bibliografische Information der Deutschen Nationalbibliothek: Die Deutsche Nationalbibliothek verzeichnet diese Publikation in der Deutschen Nationalbibliografie; detaillierte bibliografische Daten sind im Internet über dnb.dnb.de abrufbar.

Autorin: Lilia Selice
Lektorat: Jana, Karolin

Verlag: BoD · Books on Demand GmbH, Überseering 33, 22297 Hamburg, bod@bod.de
Druck: Libri Plureos GmbH, Friedensallee 273, 22763 Hamburg
ISBN: 978-3-8192-4681-4

Instagram: @Liliaselice
Tiktok: @Liliaselice

MIX
Papier aus verantwortungsvollen Quellen
Paper from responsible sources
FSC® C105338
FSC
www.fsc.org

Triggerwarnung: Der Roman enthält folgende Themen und Beschreibungen, die für einige Leser:innen belastend sein können: Mobbing, Alkoholmissbrauch, Traumata, (häusliche) Gewalt. Ziel ist es, diese Themen kritisch zu beleuchten, aber seien Sie achtsam mit Ihrer eigenen emotionalen Belastung

Ich widme das Buch den Schülern, die Ungerechtigkeiten in der Schule erlebt haben, und den Lehrern, die dagegen ankämpfen, aber auf bürokratische Hürden und weitere Unzulänglichkeiten im deutschen Schulsystem stoßen

Teil I

1

Sophia

Der Traum, als Schulsprecherin zu kandidieren, war sehr tief in meiner Schulzeit verwurzelt – ein stiller Traum, den ich nie aussprach, weil er für jemanden wie mich verdammt unrealistisch schien. Wer würde schon jemanden wie mich wählen? In der sozialen Hierarchie stand ich ganz unten: Für viele Schüler war ich einfach nur da. Man konnte mit mir sprechen, ich verstand mich mit jedem, gehörte jedoch nie zu einer dieser Cliquen – zu komisch, zu anders. Die unausgesprochenen Regeln der sozialen Welt waren zu viel für mich.

Anpassung fiel mir schwer, und oft fand ich mich im Alleinsein wieder. Doch das war nicht schlimm. Meistens genoss ich die Stille, weil sie Klarheit, Ruhe und Frieden brachte.

In manchen Momenten jedoch sehnte ich mich danach, dazuzugehören. So introvertiert ich auch war, der Wunsch, etwas Positives für diese Schule zu tun, wuchs. Anerkennung für mein Engagement – das war, was ich wollte.

Es begann damit, dass ich mich wieder für die Klassensprecherwahl aufgestellt hatte, jedoch nie gewählt wurde.

Nicht, weil es an meinen Fähigkeiten mangelte, sondern weil ich nicht beliebt genug war. Das schulische Charisma fehlte, um als Klassensprecherin einen bleibenden Eindruck zu hinterlassen.

Trotz der Rückschläge blieb ich standhaft und versuchte es Jahr für

Jahr aufs Neue, doch immer landete ich am selben Punkt. Es war mir unangenehm, also blieb der Wunsch, Schulsprecherin zu werden, mein kleines Geheimnis.

Eines Tages lief ich den Flur entlang, auf dem Weg zur Kantine, als ich erneut bemerkte, dass die Menschen um mich herum in die entgegengesetzte Richtung liefen. Die Schritte wurden schwerer, mühsamer. Und dann begegnete mir wieder dieses Plakat:

Du möchtest die zählende Stimme der Schule sein?

Dann bist du als Schulsprecher genau richtig!

Bewerbungszeitraum: 01.05.24 – 10.05.24.

In meinem Kopf begannen Träume zu entstehen – idealistische Vorstellungen davon, was ich alles bewirken könnte. Doch dann holte mich die Realität ein: Die Menschen waren einfach nicht klug genug, um mich zu wählen. Immer wieder fragte ich mich: Sollte ich es trotzdem wagen? Vielleicht würde ich dabei viel lernen.

Organisation war meine Stärke, und ich war bekannt für meine Arbeit, die stets von Ordnung, Effizienz und Transparenz geprägt war. Die Leute würden staunen, wie gut ich sprechen konnte. Zudem kannte mich nicht jeder. In dieser Wahl zählte nicht nur Beliebtheit, sondern auch die Art und Weise der Präsentation. Den Schülern würde es hervorragend gehen, wenn sie mich wählten. Auf den ersten Blick war ich vielleicht komisch oder anders.

Aber wer sich für mich entscheiden würde, wäre Teil einer unvergesslichen Ära – wenn ich das so nennen durfte. Mitbestimmung und eine bereichernde Schulkultur – das würde ich versprechen, vorausgesetzt, die Vorschläge entsprächen meinen Ansprüchen.

Wer diese Chance verpassen würde – und das wären viele, basierend auf meinen Misserfolgen bei der Klassensprecherwahl – hätte es sich selbst zuzuschreiben.

Das hatte nichts mit Überheblichkeit oder Inkompetenz zu tun. Die letzten Jahre war ich bescheiden gewesen, doch dieses Jahr war es an der Zeit, mein Können zu zeigen.

Wert auf gutes und attraktives Marketing zu legen, war mein Plan – ein Bereich, in den bisher nur wenige investiert hatten. Mein Charisma würde so erstrahlen.

Heute, nach der Schule, wollte ich mich endlich aufstellen lassen. Vielleicht hatte ich dieses Komische, dieses Abartige, dieses Fremde an mir – aber ich wusste, wie man sich gut vermarktet.

2

Ich begab mich in die Kantine und setzte mich in die hinterste Ecke. Mein eigenes Mittagessen hatte ich dabei, sodass ich die Pause in Ruhe genießen konnte, bevor der Deutschunterricht wieder auf mich wartete. Ich atmete tief durch und ließ meinen Blick durch den Raum schweifen. Bald war es endlich Zeit für die Ferien, und ich konnte meinen Kopf von all den Unannehmlichkeiten befreien, bevor das nächste Schuljahr begann. Kaum hatte ich in mein Brot gebissen, bemerkte ich drei Mädchen aus meinem Jahrgang, die sich in meine Richtung begaben. Sie waren wunderschön, und ich wünschte, ich wäre so hübsch wie sie.

Es waren Tina Reinsch und ihre Freundinnen. Sie sahen aus wie Models, mit glänzendem Haar und perfekten Outfits. Tina, Tammy und Lia plauderten über alles Mögliche.

Tina war ohne Frage die Hübscheste – das wusste jeder.

Ihre hellbraunen Locken fielen in perfekten Wellen über ihre Schultern, und ihr strahlender Teint ließ ihre außergewöhnlichen grauen Augen leuchten.

Heute trug sie ein weißes Tanktop und einen marineblauen Tennisrock, der ihre schlanke Figur betonte.

Ihre langen Finger und straffen Arme unterstrichen ihre elegante Ausstrahlung.

Ich bewunderte immer den Schmuck, den sie trug – Muschel- und

Perlenketten, die perfekt zum Urlaubsfeeling passten.

Dazu kamen goldene oder silberne Creolen-Ohrringe und Freundschaftsarmbänder, die sie selbst mit ihren Freunden gemacht hatte. Ihr Make-up war makellos – zartes, pinkfarbenes Blush, Lipgloss und Wimperntusche, die ihre langen Wimpern betonten.

Tina war extrovertiert und brachte immer gute Laune mit. Jede Woche ging sie mit ihren Freunden aus, war auf tollen Partys eingeladen und flog in den Urlaub. Sie feierte gern und ließ sich locker auf alles ein. Und dann hatte sie auch noch den perfekten, reichen Freund. Trotz all ihrer Unternehmungen schrieb sie mühelos gute Noten.

Tammy und Lia waren ebenfalls wunderschön, aber niemand konnte Tinas Schönheit das Wasser reichen. Vor allem nicht ich.

Jedes Mal, wenn ich sie sah, betrachtete ich mich selbst und erkannte die Zerstörung, die mir als Fluch auferlegt worden war: die Narbe an meinem Hals. Der Moment, als er meine Halsschlagader aufschnitt.

Du kannst es verdrängen.

Lass es verschwinden und es wird nie wieder auftauchen.

Zum Glück bedeckten meine Haare die Narbe einigermaßen, aber um sicherzugehen, zog ich einen Schal an. Einen Schal im Sommer – was dazu führte, dass mich ständig jemand fragte, warum ich ihn trug.

Es war eine meiner größten Unsicherheiten, und manchmal kamen die Erinnerungen an den Vorfall hoch. Doch ich konnte sie hinauszögern, bis ich zu Hause war – dafür war ich dankbar.

Solche Probleme musste Tina sich wahrscheinlich nicht machen.

Ich hatte es unter instabilen häuslichen Verhältnissen aufs Gymnasium geschafft – die höchste Bildungsstufe des Schulsystems, die vor allem für Kinder von Akademikern oder Unternehmern geeignet war. Kinder aus unteren sozialen Schichten schafften es nur selten hierher. In der Grundschule (vierte Klasse) bekam ich eine Realschulempfehlung – in einer Zeit, die von Gewalt, finanzieller Abhängigkeit und Machtlosigkeit geprägt war. Gefühle, die ich in meinem Leben nie mehr spüren wollte. Meine Mutter hatte nie Zeit, mir zu helfen. Oft wurde ich zur Nachhilfe geschickt oder erledigte meine Aufgaben im Hort.

Menschen wie Tina hatten Glück. Ihr Bruder war als Schulleiter tätig und konnte sie aus erster Hand über das Abitur informieren. Herr Reinsch war vor etwa einem Jahr an unsere Schule gekommen, im zweiten Halbjahr der zehnten Klasse. Er war neunzehn Jahre älter als Tina.

»Endlich ein ruhiger Ort. Du musst uns alles erzählen«, befahl Lia neugierig.

»Was ist zwischen dir und Marlon passiert?«, fragte Tammy eindringlich.

Marlon? Marlon von Reventlow?

Der Marlon, mit dem Tina mitten in der neunten Klasse zusammengekommen war und die perfekte Beziehung geführt hatte?

Das reiche, abgehobene Arschloch, das ständig mit seiner Selbstgefälligkeit prahlte?

Tina rollte mit den Augen, legte kurz den Kopf in den Nacken, dann holte sie tief Luft und begann zu erzählen.

»Also gut«, sagte sie mit einem neutralen Ton. »Es war alles gut. Alles lief perfekt, wir stritten nie. Plötzlich wollte er, dass ich zu ihm nach Hause komme.«

»In seiner großen Villa?«, ergänzte Lia verspielt.

»Wir trafen uns bei ihm, und er – er wirkte so pessimistisch. Es war, als hätte sich sein Verhalten um hundertachtzig Grad gedreht.«

»Worüber habt ihr gesprochen?«, fragte Tammy neugierig.

Tina lachte bitter: »Worüber wir gesprochen haben? Darüber, dass er Schluss gemacht hat.«

»Was?«, riefen ihre Freundinnen. »Warum?«

»Ich weiß es nicht. Er hat keinen Grund genannt. Ich habe versucht, es aus ihm herauszubekommen, aber er hat mich einfach rausgeschickt.«

»Was hast du dann gesagt?«, fragte Tammy.

»Ich habe protestiert, weil ich es nicht verstanden habe. Er war immer loyal zu mir, wirkte so erwachsen und zuverlässig, aber dann…«

»Er hat dir keinen Grund genannt?«, fragte Lia ungläubig.

»Nein, hat er nicht. Er hat mich einfach nach Hause geschickt.«

»Oh Gott, Tina«, sagte Tammy mitfühlend. »Wir hatten keine Ahnung.«

Tina verschränkte die Arme und starrte zu Boden, während sie ihre Haarsträhnen aus dem Gesicht strich.

»Ist schon gut«, sagte sie leise.

Lia legte ihr den Arm um die Schultern.

»Du weißt, du kannst jederzeit mit uns darüber sprechen. Was Marlon abgezogen hat, geht gar nicht.«

Viele dachten, die Gerüchteküche interessiere mich nicht, weil ich mich anscheinend lieber auf Bücher und Unterrichtsstoff konzentrierte. Doch sie irrten sich.

Ich wusste, dass man nicht in die Gespräche anderer lauschen sollte. Aber wer hatte das nicht schon mal getan? Und dabei Dinge gehört, die einen richtig bewegten?

Es gab zwei Arten von Außenseitern:

1) Die, die sich in ihren Interessen vergruben und nur mit sich selbst

beschäftigt waren.

2) Die, die alles um sich herum mitbekamen und genau beobachteten, aber ihre Eigenarten geschickt versteckten.

Manchmal regte sich der Verdacht, dass ich lauschte, doch niemand konfrontierte mich damit.

Heute traf es mich besonders: Marlon und Tina. Beide begehrenswert, reich und gutaussehend. Sie waren unzertrennlich gewesen. Man hatte sie auf dem Schulhof händchenhaltend gesehen. Man hatte sie zusammen im Café gesehen. Man hatte sie zusammen auf den coolsten Partys gesehen. Sie waren wie Ying und Yang.

Und nun, aus heiterem Himmel, machte er Schluss. Dieses Arschloch. Aber irgendwie hatte ich es kommen sehen.

Ich mochte Marlon nie. Er war ein Jahrgang über mir, doch dank seines Geldes hatte er ein Auslandsjahr an einer renommierten Privatschule in Boston verbracht und kehrte dann zurück, um das Schuljahr freiwillig zu wiederholen.

Er landete in meiner Klasse und war sofort ein beliebter Typ. Die Jungs wollten mit ihm befreundet sein, und ich vermutete, dass sein Geld ein Magnet für seine Anziehungskraft war.

Er schmiss regelmäßig Hauspartys und trank viel. Ich hörte wilde Geschichten über seine Eskapaden mit Mädchen. Aber man konnte ihm nicht verübeln, da er ziemlich gutaussehend war. Wäre Marlon ein Durchschnittstyp aus der Mittelschicht gewesen, hätten Tinas Eltern ihn nie akzeptiert. Aber er war reich.

Seine wilde Phase hielt nicht lange an – nur ein halbes Jahr, bis er mit Tina zusammenkam.

Marlon und ich hatten immer eine Rivalität. Wir beide waren gut in

Politik und Wirtschaft und glänzten in Geschichte. In der Klasse hieß es: »Wer ist besser – Marlon oder Sophia?«

Tag für Tag, Stunde für Stunde wurden wir gegeneinander ausgespielt. Sobald es um Politik oder Geschichte ging, meldete ich mich. Ich liebte Diskussionen. Oft war ich ruhig, aber wenn es um Themen ging, die mir wichtig waren, zeigte ich, was ich wusste. Deshalb standen Marlon und ich oft im Mittelpunkt.

Damals hieß es von unseren Mitschülern: »Marlon wird das Unternehmen seines Vaters übernehmen, und Sophia wird in die Politik gehen.«

Doch ihm waren die Kalkulationen nicht ganz bewusst. Wahrscheinlich, weil seine Beobachtungsgabe nicht so ausgeprägt war wie meine.

Es ging ihm immer nur darum, sich gegen mich durchzusetzen. Und die Chancen standen fifty-fifty. Der Höhepunkt kam während der Klassensprecherwahl in der zehnten Klasse: Marlon trat gegen mich an.

Wer gewann?

Er natürlich.

Es war die Niederlage meines Lebens. Die größte Demütigung aller Zeiten. Aber ich wusste, dass sich bald niemand mehr daran erinnern würde.

3

Der heutige Tag war seltsam zusammengewürfelt, mit vielen Ereignissen, die zunächst völlig unverbunden schienen, aber schließlich viel Sinn ergaben. Zum Beispiel die Begegnung in der Bibliothek: Nachdem ich von Marlon und Tinas Trennung erfahren hatte, verließ ich die Kantine, um zu verarbeiten, was ich gehört hatte. In der Bibliothek setzte ich mich hin, um einen Krimi zu lesen, doch die Realität holte mich schnell ein.

»Marlon, hör auf, uns zu ignorieren«, sagte Antonio, während er sich auf das blaue Sofa setzte und ein Buch aufschlug.

Die Bibliothekarin forderte Ruhe mit einem »Shhh!«

Doch Antonio ignorierte sie: »Seit Tagen sprichst du nicht mehr mit uns.«

Marlon starrte auf die Seiten, ohne zu antworten.

»Du versteckst dich immer hinter deinen Büchern. Warum hängst du nicht mehr mit uns ab?«, fragte Antonio weiter.

Marlon lachte höhnisch: »Es ist gerade mal eine Woche her, dass ich mit dir aufgehört habe zu reden, nicht ein ganzes Jahr.«

»Das, was zwischen Tina und mir passiert ist, geht euch nichts an«, sagte Marlon dann schroff, doch Antonio ließ nicht locker.

»Es hat sich schon herumgesprochen, dass du ihr das Herz gebrochen hast.«

Marlon hob abwehrend die Hand.

»Du kennst meine Gründe nicht und ziehst voreilige Schlüsse.«

Antonio entgegnete empört: »Du lässt niemanden mehr an dich heran, seit du mit Tina Schluss gemacht hast.«

Marlon fauchte: »Antonio, raus hier!«

Doch dann bemerkte er mich.

»Hast du schön alles mitgehört?«, fragte er selbstgefällig.

Ich spürte, wie mir die Röte ins Gesicht schoss, doch ich hielt seinem Blick stand. Er sah makellos aus, doch sein gutes Aussehen entschuldigte sein Verhalten nicht.

»Stolz bin ich nicht, nur interessiert«, erwiderte ich ruhig.

»Sag bloß, du bist auf ihrer Seite«, spottete er.

»Ich? Auf ihrer Seite?«, kicherte ich. »Ich bin neutral. Es interessiert mich nicht, wer wen wie verletzt hat.«

»Wie solltest du auch parteiisch sein?«, sagte er abfällig. »Mit deinem Rang an dieser Schule – ohne irgendwelche Freunde oder einen Partner – hast du doch kein Mitspracherecht.«

»Du verlierst auch gerade deine Freunde«, bemerkte ich kühl. »Der einzige Grund, warum du welche hast, ist dein Geld.«

»Pass auf, was du sagst«, knurrte er. »Ich habe mich heute als Schulsprecher aufstellen lassen«, fügte er selbstgefällig hinzu. »Du könntest es doch auch tun, wie in der zehnten Klasse, als du gegen mich verloren hast.«

»Du? Als Schulsprecher?«, fragte ich ungläubig. »Ich muss mich auf mein Abitur konzentrieren. Für so etwas habe ich keine Zeit mehr.«

Er nickte selbstzufrieden.

Doch die Sache ließ mich nicht los. Marlon stellte sich immer wieder für Ämter wie das des Klassensprechers auf, nur um sich einen Namen zu machen, ohne sich wirklich zu engagieren. Ich hingegen war seit der siebten Klasse in der Schülervertretung und arbeitete leidenschaftlich an jedem Projekt mit. Als Marlon sich jedoch erneut aufstellte, zerbrach mein Traum, Schulsprecherin zu werden. Gegen ihn konnte ich nie gewinnen – nicht, weil er besser war, sondern weil er beliebter war.

Die Tage vergingen, und bis zur Wahl war Marlon der einzige Kandidat. In einem Gespräch mit Herrn Berger, dem Leiter der Schülervertretung, wurde bestätigt, dass es keine Wahl geben würde – Marlon war der einzige Kandidat. Doch dann, am letzten Tag der Frist, stellte sich überraschend ein Achtklässler namens Florian Schüttler zur Wahl.

4

Es war klar, dass ich Florian nicht kannte – er war gerade mal vierzehn Jahre alt und somit drei Jahre jünger als ich. Sein Jahrgang interessierte mich auch nicht besonders, und ich wusste nicht einmal, wie er aussah. Alles, was ich über ihn wusste, war sein Name auf einem Zettel und die Klasse, in der er war. Zwar gab es kein Mindestalter für die Kandidatur, doch es war an unserer Schule eher ungewöhnlich, dass ein vierzehnjähriger Mittelstufenschüler für das Amt des Schulsprechers kandidierte. Wahrscheinlich war er sehr motiviert und wollte unbedingt etwas Positives für die Schule tun.

Trotzdem fand ich es seltsam, dass er sich der Schülervertretung nie richtig vorgestellt hatte und wir alle nur seinen Namen kannten. Es hieß, wir würden ihn erst kennenlernen, nachdem der Wahlkampf organisiert war.

Die Schülervertretung traf sich einmal pro Woche, um aktuelle Themen und Ereignisse zu besprechen. Normalerweise leitete der Schulsprecher diese Treffen.

Herr Berger, unser Ethiklehrer und Leiter der Schülervertretung, war oft bei wichtigen Besprechungen dabei, ließ uns jedoch so viel wie möglich selbst regeln.

Gleichzeitig hielt er den Schuldirektor, Herr Reinsch, mit gewissen Schülervertretungsprojekten auf dem Laufenden und diente als Bindeglied zwischen uns und der Leitung.

Doch heute musste Herr Berger das Treffen alleine übernehmen, da der amtierende Schulsprecher wegen der Abiturvorbereitungen unter enormem Lernstress stand. Herr Berger nahm sein Amt ernst und betrachtete es nicht nur als Pflicht. Er unterstützte uns nicht nur symbolisch, sondern war wirklich mit uns solidarisch. Ihm lag unsere Entwicklung am Herzen, was ihm sicherlich nicht nur Respekt, sondern auch einige Spannungen im Lehrerzimmer einbrachte. Trotzdem schätzten die meisten von uns seine Art und seine Leidenschaft sehr.

»So, meine Lieben«, begann er mit seiner gewohnten Fröhlichkeit.

»Der Wahlkampf für die Schulsprecherwahlen steht bald an. Was bedeutet das?«

Er klatschte in die Hände, schnippte mit den Fingern und zeigte dann mit einem breiten Lächeln auf mich. Herr Berger wusste genau, dass ich die Antwort kannte.

»Sophia?«, fragte er auffordernd, immer noch grinsend.

»Das bedeutet, dass wir den Wahlkampf vorbereiten müssen«, antwortete ich schnell. »Wir müssen Plakate aufhängen, die Turnhalle dekorieren und mit der Schülerzeitung zusammenarbeiten, um mehr über die Kandidaten zu erfahren.«

»Richtig!«, bestätigte er mit einem stolzen Lächeln.

»Wie jedes Jahr brauchen wir ungefähr sieben bis acht Leute. Zwei kümmern sich um die Dekoration der Turnhalle mit Wahlplakaten, drei organisieren die Stühle und Tische, und zwei überwachen die Wähler und zählen danach die Stimmen.«

Natürlich wollte jeder die Stimmen zählen, doch nach meinen wiederholten Anläufen in den letzten Jahren hielt ich es für richtig, dass ich dieses Mal an der Reihe war.

»Sophia, du wolltest jedes Jahr die Stimmen zählen, aber bist nie drangekommen. Dieses Jahr ist dein Jahr. Du und Emma werdet die Stimmen zählen«, sagte Herr Berger mit einem zufriedenen Lächeln.

5

Ich hatte nie wirklich einen besonderen Umgang mit Zahlen in meinem Leben. Doch alle anderen schienen es zu lieben, die Stimmen zu zählen. Für mich war es eher ein Trostpreis. Ein Trostpreis dafür, dass ich nicht kandidieren konnte, weil ich genau wusste, dass Marlon mich besiegen würde.

Die Leute, die nicht im Mittelpunkt stehen wollten, die nichts wirklich für die Schule erreichen wollten, zählten die Stimmen. Nicht jemand wie ich.

Eine geschickte Rednerin, eine charismatische Persönlichkeit mit starker Überzeugungskraft – das war ich. Ich konnte viel mehr erreichen.

Ich musste zusammen mit Emma Finke die Stimmen zählen. Emma war ebenfalls in der achten Klasse und erinnerte mich stark an mich selbst, nur jünger und blond.

Sie hatte ein hübsches Gesicht, mit grauen Augen und glattem Haar. Oft trug sie eine schwarze Haarspange oder ein Haarband, was sie wie eine brave Musterschülerin aussehen ließ, die immer sehr gute Noten hatte.

Emma war genauso ehrgeizig wie ich. Sie beteiligte sich häufig an der Schülervertretung und war sehr diskussionsfreudig.

Seit einiger Zeit leitete sie die Schülerzeitung, und es gab niemanden, der sie herabsetzte. Es war keine Frage, dass Emma eines Tages eine hervorragende Journalistin werden würde.

Mit der Zeit häuften sich die Wahlplakate und Banner an unserer

Schule an. Die Mitglieder der Schülervertretung verteilten sie in den verschiedenen Räumen und Gebäuden. Am meisten dekoriert war die Turnhalle, wo sich alle Schüler versammelten, um die Wahlreden von Marlon und Florian zu hören. Beide sollten nach vorne treten und vor der versammelten Schülerschaft sprechen. Es würde für beide sehr aufregend sein, besonders für diesen Florian.

Ich würde ihn zum ersten Mal in der Halle sehen.

Genauer gesagt waren es Marlons Wahlplakate, die in der Halle hingen, mit Slogans wie:

»Wählt nicht für mich, wählt für euch!«

Wahlplakate waren schon seit Jahren Tradition bei den Schulsprecherwahlen. Niemand war verpflichtet, welche zu gestalten, aber trotzdem tat es jeder. Marlon vermarktete sich ständig. Auf seinem Instagram-Account stellte er sich vor. Er kreierte Wahlplakate und war durch überraschende Aktionen bekannt geworden (zum Beispiel, dass er in der Kantine half und betonte, wie wichtig es war, ihn als Schulsprecher zu wählen). Er stellte sich auch der Schülervertretung vor.

Mit der Zeit bemerkte ich, dass Marlon der dominante Kandidat war, und ich hatte das Gefühl, dass er dieses Amt dringend wollte – vielleicht sogar brauchte. Florian blieb weiterhin wie ein Gespenst. Sein Name stand auf den Blättern – er war eine Randfigur, aber er blieb mysteriös. Ich begann, an seiner Existenz zu zweifeln. Doch der Wahlkampf rückte immer näher. Die Vorbereitungen wurden intensiver und der Tag näherte sich.

Die Stunde der Wahrheit war gekommen. Alle Schüler versammelten sich in der Turnhalle. Es war ein ungewohnter Anblick – ungefähr 1500 Schüler in diesem Raum. Auch Herr Berger und Herr Reinsch waren da. Ich blickte zu den beiden und sah, wie sie miteinander sprachen. Herr Reinsch schien Herrn Berger etwas zu sagen. Ich saß zu weit weg, um zu hören, was er ihm sagte, aber es schien Herrn Berger nicht zu gefallen. Er zog die Augenbrauen hoch und riss seine Augen weit auf, während Herr Reinsch erklärte. Der Direktor sprach langsam und präzise.

Herr Berger nickte langsam, seine Miene wurde ernst. Er biss sich auf die Lippe und runzelte die Stirn. Seine grauen Augen funkelten vor Unbehagen. Er stand ihm gegenüber, erwiderte etwas und begab sich dann zur anderen Seite der Turnhalle. Er wirkte frustriert. Ich fragte mich, worüber sie gesprochen hatten. Sie schienen sich nicht besonders gut zu verstehen.

War ich die Einzige, die das bemerkt hatte?

Plötzlich ertönte das Mikrofon, und die ruhige, geschäftige Atmosphäre in der Halle schien zu verschwinden. Wir richteten unsere Blicke nach vorne, wo Emma stand. Sie war voller Stolz und Enthusiasmus, trotz ihrer blassen Haut, der Augenringe und der halb offenen Augen. Man konnte es an der Art sehen, wie sie gekleidet war. Sie trug ein wunderschönes blaues Kostüm, das sie sich extra gekauft hatte. Heute hatte sie ein schwarzes Haarband, das sehr gut zu ihren glatten, langen blonden Haaren passte. Ihre grauen Augen blickten in die Menge, während sie mit einem breiten Lächeln zu sprechen begann.

»Das Schuljahr neigt sich dem Ende zu, und wir müssen uns vom diesjährigen Schulsprecher Paul Alonso verabschieden. Leider kann er heute nicht bei uns sein, da er sich auf seine Abiturprüfungen vorbereiten muss. Doch wir wollen ihm als Schülervertretung und hoffentlich auch ihr als Schülerschaft ein großes Lob für seine Arbeit aussprechen!«, sagte Emma freudig und musste sich kurz räuspern.

Alle begannen zu klatschen. Paul Alonso hatte sich den Applaus verdient.

»Doch nach jedem Ende kommt ein neuer Anfang«, fuhr Emma fort. »Und daher stehen nun die möglichen Schulsprecher für das nächste Jahr zur Wahl. Applaudiert bitte für MARLON VON REVENTLOW!«

Emma rief mit Begeisterung durch das Mikrofon, und die Schüler applaudierten und feuerten ihn an.

Marlon war gut gekleidet. Er trat in einem dunkelblauen Anzug mit roter Krawatte auf, seine blonden Haare nach hinten gegelt.

Man muss ihm lassen, dass er in diesem Outfit wirklich umwerfend aussah. Die Ehrfurcht, die ihm entgegengebracht wurde, war groß.

Er blickte mit einer einzigartigen Dominanz in den Raum, seine hellbraunen Augen schienen zu verdunkeln. Diese Ernsthaftigkeit. Diese Notwendigkeit. Ich hatte ihn nie zuvor so erlebt.

Als er in der zehnten Klasse gegen mich die Wahl zum Klassensprecher gewonnen hatte, ging es ihm nur um den Titel, ohne viel dafür zu tun.

Aber dieses Mal war es anders. Marlon bereitete sich gründlich vor. Er warb auf den sozialen Medien, ließ seine Wahlplakate überall aufhängen und trat nun so selbstbewusst auf. Und irgendwie – irgendwie fand ich das attraktiv.

Aber warum musste er sich so in Szene setzen? Manchmal hatte ich das Gefühl, dass er es übertrieb. Oder war er jetzt auf Karriere-Kurs, nachdem er sich von Tina getrennt hatte?

»Danke«, begann Marlon mit einer tiefen, erhobenen Stimme. »Einfluss auf die Entwicklungen an einer Schule zu haben, ist wie die Geschicke eines Landes zu beeinflussen«, sagte er. »Ein Land hat Werte. Nehmen wir unser Land – Deutschland. Einigkeit, Recht und Freiheit, wie es in unserer Nationalhymne heißt. Die Werte eines Landes sind im Grundgesetz verankert. Im Grundgesetz steht zum Beispiel, dass Gleichberechtigung und Gerechtigkeit wichtige Werte sind. Ebenso werden die Demokratie und die Einheit Deutschlands betont. Diese Werte bleiben im Wesentlichen gleich, aber die Spitzenpolitiker wechseln alle vier Jahre. Und natürlich verfolgen sie ihre eigenen Ziele, die nicht immer klar für das Volk sind. Die Agenda der Politiker führt manchmal dazu, dass das, was gesagt oder versprochen wird, nicht das ist, was am Ende umgesetzt wird.«

Seine Rede war beeindruckend. Ich war beeindruckt.

»Unsere Schule legt hohen Wert auf Diversität, Gleichberechtigung und Weltoffenheit. Auf unserer Schule zählt die Meinung der Schüler. Diese Ideale sind nach dem Bau des Gymnasiums am Sonnenfeld in der Nachkriegszeit bewahrt worden. Doch im Laufe der Zeit fragt man sich, ob das Personal und die Taten mit den gegebenen Werten übereinstimmen«, sagte er.

Worauf spielt er an, wenn er so sprach?

»Als Schulsprecher ist es wichtig, die Schulkultur zu fördern und alte Traditionen zu bewahren. Es wird viele Partys und Aktionen geben, die das Zusammenleben der Schüler stärken. Aber es ist mir auch wichtig, die tieferliegenden Mechanismen der Schule kritisch zu hinterfragen. Deswegen wählt nicht für mich, wählt für euch! Ich bin Marlon von Reventlow, und es wäre mir eine große Ehre, etwas Positives für unser gemeinsames Miteinander beizutragen. «

Erneut begann die Menge zu applaudieren. Die Schüler schrien, während die Lehrer und die Schulleitung Marlon scharf anblickten. Manchmal war es fast wie im Kino, die anderen Menschen zu beobachten und zu sehen, welche Feinde sie sich machen konnten.

Marlon war gut. Er war wirklich gut, das musste ich ihm lassen. Er sprach direkt und seine Worte hatten Klarheit. Was er sagte, hatte Substanz.

Er war ein leidenschaftlicher Redner und könnte schon eine ernstzunehmende Konkurrenz für eine Amateurpolitikerin wie mich werden. Auch wenn er wie ein Verschwörungstheoretiker wirkte.

»Das war eine großartige Rede«, sagte Emma, als sie mit hochgezogenen Augenbrauen lachte. »Marlon, du solltest ernsthaft überlegen, einer Partei beizutreten.«

Marlon schien amüsiert, und er trat schließlich zurück, in die hinterste Reihe.

»Nun bitte ich Florian Schüttler nach vorne!«, sagte Emma.

Ich selbst starrte ebenfalls auf ihn. Seine schneeweiße Haut und die roten, lockigen Haare, die von Sommersprossen gezeichnet waren, fielen sofort ins Auge. Er trug eine blaue Brille und Jeans, die stellenweise mit Grasflecken bedeckt waren.

Seine grünen Sneakers wiesen deutliche Schmutzspuren auf, als hätte er sich kürzlich in einem Matschbad gewälzt. Ich wandte meinen Blick nach oben zu seiner blauen Strickjacke und dem schwarzen Shirt.

Der Applaus verebbte, und nur vereinzelt riefen einige ihn. In der darauf folgenden Stille begann er nervös zu lächeln.

»Danke, danke«, sagte er, und mit jeder Sekunde, die verstrich, wurde sein Lächeln breiter. Diese grünen Augen schimmerten durch den Raum, und das Lächeln war so aufrichtig, dass man fast die Brackets in seinem Mund vergaß.

»Mein, mein Name«, stotterte er. »Mein Name ist Florian Schüttler. Ich bin vierzehn Jahre alt, und es ist mir eine Ehre, für euch als Schulsprecher zu kandidieren.«

Die Schüler tauschten Blicke aus, einige tuschelten:

»Der ist vierzehn?«

»Ich habe keine amtliche Erfahrung und war auch noch nie in der Schülervertretung. Aber genau wie Marlon möchte ich meine eigenen Erfahrungen nutzen, um etwas Positives für die Schule zu tun. Ich arbeite gerne mit Menschen zusammen. Es macht mich glücklich, wenn alles gut läuft und die Leute zufrieden sind. Ich möchte die Traditionen unserer Schule bewahren und dafür sorgen, dass ihr eine gute Zeit hier habt. Es wäre mir eine Freude, wenn ihr mir euer Vertrauen schenkt und mich wählt.«

Er strahlte mit diesem Lächeln, seine Augen funkelten. Diese Unschuld war förmlich auf seinem Gesicht zu lesen. Es war kaum zu fassen, dass so eine Person ernsthaft für dieses Amt kandidierte.

Seine Rede wirkte jedoch eindimensional, ihr fehlte die Tiefe. Marlon war stärker, überzeugender. In jeder Hinsicht.

Nach dem gedämpften Applaus verließ er die Bühne. Emmas Lachen klang danach eher gekünstelt, fast unaufrichtig, als sie sagte: »Danke, Florian, für deine lieben Worte.«

6

Man hatte schließlich eine Woche Zeit, um zu wählen, und die Entscheidung fiel mir schwer. Florian war nicht kompetent genug für dieses Amt. Er hatte diese utopische Haltung, dass in der Schule alles miteinander harmonieren würde, wenn die Schülerschaft ihn wählen würde.

Er war so unschuldig und so süß. Er wirkte auf mich gutmütig und zerbrechlich. Wenn er der Schulsprecher gewesen wäre, hätte er versucht, jeden einzelnen Schüler in die Entscheidungsprozesse mit einzubeziehen, aber auf eine Art, die nur Verwirrung gezeugt hätte.

Wenn er schon bei seiner Rede keine Struktur hatte, wusste ich nicht, wie er Struktur in die Schülervertretungsstunden bringen möchte. Gleichzeitig wollte ich nicht, dass Marlon gewann.

Ja, seine Reden hatten überzeugend gewirkt und ja, sein Auftreten war sensationell gewesen. Aber ich wollte ihm diese Befriedigung nicht geben. Deswegen entschloss ich mich, Florian zu wählen.

Ich begab mich in den Wahlraum. Ein paar Schülervertretungsmitglieder kontrollierten, wer rein- und rausging.

Am Donnerstag, vier Tage nach der Abstimmung, war ich dazu verpflichtet, mit Emma die Stimmen zu zählen. Ihre Erkältung war jedoch nicht verschwunden. Da keiner bereit gewesen war, für Emma einzuspringen, musste ich sie allein zählen.

1517 Stimmen. Man, das war viel.

Ich begab mich in den leeren Schülervertretungsraum und fing an zu zählen.

Die erste Stimme für Marlon.

Die zweite Stimme für Marlon.

Die erste Stimme für Florian.

Die dritte Stimme für Marlon.

Die zweite Stimme für Florian.

Ich wusste, dass Marlon gewinnen würde. Ich zählte bereits 270 Stimmen und er führte im großen Abstand mit 208 Stimmen. Eigentlich war es aufregend, die Stimmen zu zählen, weil man die erste Person war, die wusste, wer gewonnen hatte, und es dann verkünden durfte. Jedoch hatte ich keinen Grund, gespannt zu sein, wenn der Gewinner so offensichtlich Marlon war. Er war der bessere, der hübschere, der charismatischere von beiden Kandidaten. Auch wenn er ein reiches, abgehobenes Arschloch gewesen war.

Dies dachte ich zumindest, bis ich weiterzählte und langsam eine Veränderung wahrnahm: Florians Stimmen schienen aufzuholen.

Die 63. Stimme für Florian.

Die 64. Stimme für Florian.

Die 209. Stimme für Marlon.

Die 65. Stimme für Florian.

Dieser Adrenalinkick in mir war unglaublich: Wie Florian auf einmal so viele Stimmen mitbringen konnte. Und dabei war das alles unbegründet gewesen. Er war viel schlechter als Marlon. Wenn er nicht mein Erzfeind gewesen wäre, hätte ich ihn gewählt statt Florian.

Jedoch verstärkte sich mein Unbehagen, während Florians Stimmen in die Höhe schossen. Vielleicht hätte ich doch Marlon wählen sollen? Vielleicht sollte ich meinen Stolz hinter mich lassen? Ich war mir nicht sicher, ob Florian die Kompetenz für das Amt besaß. Die Bürde wäre für einen vierzehnjährigen Schulsprecher sehr groß gewesen.

Es war ein Ergebnis, das mich zutiefst schockiert hatte. Ich ging schließlich in das Büro des Leiters und verkündete das Ergebnis. Doch ich musste neutral und munter bleiben.

»Hallo, hier spricht Sophia. Soeben sind die Stimmen für die Schülersprecherwahlen gezählt worden. Es haben 1517 Leute an der Schulsprecherwahl teilgenommen. Davon haben sich 63 Leute enthalten. Während der Wahl haben 573 Personen für Marlon von Reventlow gestimmt. Jedoch ist der Gewinner dieser Wahl FLORIAN SCHÜTTLER MIT 881 STIMMEN!«

7

9 Wochen später

Guten Tag,

Ich hoffe, Sie hatten schöne Sommerferien!

Für alle Oberstufenschüler der Q-Phase ist der Treffpunkt um 8 Uhr in der Turnhalle statt im Unterricht.

Mit freundlichen Grüßen

Ihr Direktor Herr Reinsch

Ich hörte Herrn Reinsch sprechen, während ich die Nachricht las. Seine leicht erhobene, mechanische Stimme drang an mein Ohr. Ich bemerkte seine Mimik: Ausdruckslos, ohne Betonung. Die freundlichen Grüße wirkten angesichts seiner Haltung eher wie eine Pflicht. Ein Appell, uns zu versammeln, als wären wir seine Untertanen. Ich hatte schon öfters mit anderen über ihn gesprochen: Dominanz und Distanz, weit entfernt von einem lernfördernden Umfeld. Der Direktor war das Staatsoberhaupt der Schule, der Vertreter nach außen. Doch ich konnte seine Haltung nie ganz verstehen. Als er vor einem Jahr die Tür unserer Schule betrat, spielte er seinen Gottkomplex aus. Überheblich, arrogant, strikt. Deshalb konnte ich mir nicht vorstellen, dass er mit uns sprechen wollte, um uns im neuen Schuljahr zu begrüßen – das tat kein Schuldirektor.

Der Weg zur Schule kam mir vertraut vor. Fast fühlte ich mich geborgen, während ich den gleichen Weg fuhr wie vor sieben Jahren, als ich in die fünfte Klasse kam.

Die Schule, der Pausenhof – alles schien unverändert, während in meinem Kopf Erinnerungen an Erlebnisse, Gemeinschaft und Drama aufblitzten.

Ich war noch zwei Jahre hier.

Ich betrat die Turnhalle und bemerkte, dass ich ein paar Minuten zu spät war. Als ich die Tür öffnete, richteten sich viele Blicke auf mich, bevor sie wieder zu Herrn Reinsch wanderten.

»Ich bin seit gut einem Jahr Direktor dieser Schule«, begann er mit hoher Stimme. »Ich war vorher auf anderen Schulen als Sport und Englischlehrer tätig. Beim Sportunterricht vielen Sportlehrern inklusive mir etwas aufgefallen.«

Er hielt inne, sah sich um und fuhr fort: »Viele Schülerinnen ziehen sich zurück. Ihnen ginge es schlecht. Dies sei, weil sie ihre Menstruation bekommen haben.«

Ich tauschte einen Blick mit meinen empörten Sitznachbarn.

»Die Sportlehrerschaft findet diese Begründung bedenklich, nicht am Unterricht teilnehmen zu können.«

Die Menge reagierte irritiert und fing an, Blicke zu tauschen.

»Ruhe!«, fuhr er uns scharf an, als er unser Flüstern bemerkte. »Die Begründung sei extremst aufgefallen und es wirkt schon so, als ob die Damen eine Ausrede benutzen, um nicht teilnehmen zu müssen.«

»Das ist keine Ausrede! Wir bekommen starke Krämpfe. Aber das könnt ihr Männer natürlich nicht verstehen«, meldete sich eine Schülerin zu Wort.

»Ich werde das nicht weiter kommentieren«, erwiderte Herr Reinsch. Wir wollen Sie auf das echte Leben so gut wie möglich vorbereiten. Dort werden Menstruationsbeschwerden auch nicht berücksichtigt. Die

Sportfachschaft hat sich dazu entschieden, dass alle Personen teilnehmen müssen. Das wäre unfair gegenüber den Jungs, die hart arbeiten.«

Männer!

Ich vergrub meinen Kopf in meinen Händen. Es war klar, dass die Sportfachschaft, deren Mitglieder meist nur aus Männern bestanden, dies früher oder später entscheiden würden.

»So, danke für Ihre Aufmerksamkeit. Ich will nicht, dass Sie weiterhin Unterricht verpassen. Viel Spaß und einen guten Rutsch ins neue Schuljahr.«

8

Das war der Beginn eines seltsamen Schuljahres.

Mir fehlten die Worte.

Seine Rede war eine Demütigung für jede Schülerin, die dort drin saß. Jedes Mal, wenn ich meine Tage bekam, litt ich an starken Krämpfen. Manchmal ging ich nicht zur Schule. Ich blieb zuhause und nahm Ibuprofen ein.

Männer würden weinen wie Babys. Sie würden an den Schmerzen einer Menstruation ersticken.

Seine Haltung war keine gute Grundlage für einen nachhaltigen Wandel unserer angeblich erhabenen Schulkultur. Ich fragte mich, wie die Eltern darauf wohl reagieren würden.

Nach dem Unterricht ging ich zur Schülervertretung, um Weiteres zu besprechen. Aber auch dort war die Atmosphäre merkwürdig. Ich erinnerte mich noch genau an den Tag der Stimmenauszählung. Überrascht stellte ich fest, dass die Mehrheit tatsächlich für Florian gestimmt hatte. Mit aufgeregten Schritten war ich damals in das Büro des Leiters gegangen, um die Ergebnisse mitzuteilen. Jeder unpassende Tonfall hätte meinen Unmut verraten können.

Ich konnte es einfach nicht verstehen. Ich wollte, dass Marlon gewinnt. Obwohl ich ihn nicht ausstehen konnte, hatte er den Posten verdient. Seine Rede war phänomenal, fast schon politisch meisterhaft. Florian dagegen wirkte wie ein ausgekauter Kaugummi im Vergleich zu Prinz Charming. Es konnte nicht sein, dass er gewonnen hatte.

Die Atmosphäre in der Turnhalle hatte doch alles verraten: Der sanfte Applaus für Florian stand im krassen Gegensatz zum stürmischen Jubel für Marlon. Während Florian sprach, lag Skepsis im Raum. Es musste etwas schiefgelaufen sein. Und ich wollte herausfinden, was.

Das ganze restliche Schuljahr und sogar in den Sommerferien grübelte ich darüber nach, was da passiert sein könnte. Wenn man mich bei meiner Amateurdetektivarbeit beobachtet hätte, hätte man sich sicher gefragt, was mich zu solchen Gedanken brachte.

Die Antwort war einfach: Ich solidarisierte mich mit Marlon, obwohl ich insgeheim wusste, dass ich selbst die bessere Wahl gewesen wäre.

Wer war jahrelang Schülervertretungsmitglied? Ich.

Wer hatte jedes Jahr fleißig mitgeholfen? Ich.

Wer hätte sich am besten vermarkten können? Ich!

Trotzdem trat ich nie an. Ich wusste, dass ich gegen Marlon keine Chance gehabt hätte. Aber es tat mir leid, wie viel Mühe er sich gegeben hatte – für nichts. Gleichzeitig dachte ich an das, was er einmal zu mir in der Bibliothek gesagt hatte, und hinterfragte meine Loyalität ihm gegenüber.

»Ich habe mich heute als Schulsprecher aufstellen lassen. Bisher bin ich der Einzige. Du kannst es doch auch versuchen. Wie in der zehnten Klasse, als du gegen mich verloren hast.«

Ein Teil von mir hatte seine Niederlage damals genossen. Doch jetzt fragte ich mich, wie viel er sich wegen der Sache den Kopf zerbrochen haben musste. Und nicht nur ich: Die ganze Schule wunderte sich, wie

Marlon gegen jemanden wie Florian Schüttler verlieren konnte.

Florian war nicht nur jünger, sondern auch unauffällig, fast schon lächerlich. Seine verdreckten Sneaker und zerrissenen Jeans wirkten nicht authentisch, sondern einfach nur peinlich. Es schien keine bewusste Strategie zu sein – er war einfach so. Der erste Tag der Schülervertretung war gekommen. Der Raum befand sich, wie üblich, im Keller.

Den Schlüssel hatten entweder der Schulsprecher – also Florian – oder Herr Berger, der Leiter der Schülervertretung. Vor der verschlossenen Tür standen wir und warteten. Der Frust war allen ins Gesicht geschrieben. Die Schüler verschränkten die Arme, stampften mit den Füßen und schauten immer wieder auf die Uhr. Florian ließ uns seit zehn Minuten warten.

Wenn ich Schulsprecherin gewesen wäre, hätte ich das Amt gewürdigt und wäre zehn Minuten zu früh gekommen. Dieser Titel war mehr als eine Formalität oder ein netter Eintrag im Lebenslauf.
Ich wollte all das betonen, was ich für diese Schule geleistet hatte.

Plötzlich sah ich Marlon auf uns zukommen.

»Was machst du denn hier?«, fragte ich. »Das Einzige, was du mit der Schülervertretung zu tun hattest, war die Kandidatur als – «

»Ja, ja«, unterbrach er mich schnell. »Ich will nur sehen, wie sich der Frischling schlägt.«

In diesem Moment kam Herr Berger auf uns zu.

»Hallo, ihr Lieben!«, begrüßte er uns gut gelaunt. Das Klirren seiner Schlüssel war kaum zu überhören, als er den Raum aufschloss.

»Wisst ihr, wo Florian bleibt?«, fragte er.

Wir tauschten Blicke und schüttelten kollektiv den Kopf.

»Nein, leider nicht.«

Er seufzte: »Na gut, dann warten wir drinnen.«

Während Herr Berger auf seinem Handy etwas tippte, flüsterte Marlon plötzlich: »Ich weiß, dass du die Wahl gefälscht hast.«

Ich schüttelte den Kopf: »Nein, ich habe korrekt gezählt. Florian hatte eine eindeutige Mehrheit.«

Er ballte die Hände zu Fäusten und schlug sie gegen seine Oberschenkel. »Wie denn? Ich hatte die besseren Reden. Der Platz steht mir zu!«

»Und das sagst du ausgerechnet mir«, erwiderte ich kühl. »Ich habe keine Ahnung, wie das passieren konnte.«

In diesem Moment kam Florian endlich hereingestürmt. Sein Gesicht strahlte vor Freude, seine Kleidung war jedoch genauso zerknittert und schmutzig wie am Wahltag.

»Hallo!«, begrüßte er uns mit einer Handbewegung.

Marlon, der neben mir saß, funkelte ihn finster an. »Ich hätte diese Wahl gewinnen sollen, nicht er«, zischte er.

»Komm runter«, flüsterte ich zurück.

Florian begann seine Ansprache: »Mein Name ist Florian Schüttler. Ich bin jetzt fünfzehn Jahre alt, gehe in die neunte Klasse und freue mich sehr, euer neuer Schulsprecher zu sein. Ich hoffe auf eine gute Zusammenarbeit.«

Er wandte sich direkt an Marlon.

»Hey, Marlon, ich fand deine Rede echt toll.«

Marlon schnaubte nur und blieb still. Wie ein kleines Kind. »Deine war auch echt gut«, log ich und fügte hinzu:

»Marlon ist nur etwas schlecht gelaunt, weil er –« »Schon gut«, murmelte er und winkte ab.

Florian setzte fort: »Ich bin im Wahlkampf ja schon auf einige

Themen eingegangen. Gibt es von eurer Seite noch Vorschläge?«

Emma meldete sich. »Die Menstruationsprodukte an unserer Schule sind leer, und es wurden noch keine nachgeliefert.«

»Gut, darum werde ich mich kümmern. Gibt es noch etwas?«

Emma meldete sich erneut: »Wo wir gerade schon davon sprechen: Ich bin mit den Regelungen des Direktors unzufrieden. Ich möchte, dass du das Anliegen der Schüler bei ihm vorbringst.«

Florian nickte: »Gute Idee, Emma. Das werde ich machen.«

Herr Berger schaltete sich ein: »Florian, es wäre sinnvoll, die Aufgabenbereiche der Schülervertretung zu verteilen. Jeder hat bestimmte Verantwortungen.«

Florian runzelte die Stirn. »Wie zum Beispiel?«

Marlon flüsterte: »Hat man ihm das nicht erklärt? Was ist das denn für einer?«

Herr Berger erklärte geduldig: »Jemand muss die Schülervertretungswebsite leiten und unsere Kasse mit den Einnahmen verwalten.«

»Oh, ja, stimmt«, sagte Florian, offenbar leicht überfordert.

9

Ich fragte mich, wer Florian überhaupt auf die absurde Idee gebracht hatte, als Schulsprecher zu kandidieren. Er war völlig ungeeignet für dieses Amt. Sein Selbstbewusstsein war kaum größer als ein Staubkorn, und trotzdem trat er stets mit diesem unschuldigen Lächeln und seinen naiven Bambiaugen auf. Sein Verhalten ließ ihn weder kompetent noch respektabel wirken, und beliebt machte er sich damit auch nicht. Ebenso störte mich Marlon, der seinen Stolz einfach nicht beiseitelegen konnte.

Eines Tages spazierte ich in der Mittagspause durch die Nachbarschaft der Schule. Dabei entdeckte ich einen versteckt gelegenen Spielplatz in einem Wohngebiet. Dort wurde mir endlich klar, warum Florian immer in verdreckter Kleidung und abgenutzten Schuhen herumlief. Es war nicht, weil er selbst in den Dreck gefallen war.

»Dachtest du wirklich, das war das letzte Mal, dass wir dir das antun?«, hörte ich einen Jungen sagen.

Er war groß, mit braungebrannter Haut und hellbraunen Locken, und stand breitbeinig vor Florian, wie ein selbsternannter Anführer. Florian saß am Boden, schockiert und eingeschüchtert, während drei weitere Jungs ihn umringten.

»Jetzt muss Mama wieder deine Klamotten waschen«, spottete einer von ihnen. »Was erzählst du ihr eigentlich, wenn sie fragt, woher der Dreck kommt?«

Florian blieb stumm, bis ihm plötzlich einer der Jungen eine Ohrfeige gab.

»Na, komm schon. Sag es uns!«, forderte ein anderer.

»Ich… ich sage ihr, dass ich hingefallen bin«, stammelte Florian.

»Und das glaubt sie dir jedes Mal?«

»J-ja.«

Ein Junge beugte sich zu ihm hinunter, seine Augen funkelten hämisch: »Gut so. Denn wenn du jemandem davon erzählst, bringen wir dich um.«

Florian senkte den Blick und schloss die Augen, während einer der Jungen ihm Wasser ins Gesicht schüttete.

»Ich weiß, Florian«, sagte der Anführer mit einem höhnischen Lächeln. »Unsere Abmachung war, dass wir dich in Ruhe lassen, wenn du die Schulsprecherwahl gewinnst. Aber diese Wette war dumm – und außerdem Schnee von gestern.«

»Dumm? Nein, dumm war sie nicht«, warf einer der anderen ein. »Es ist nur so, dass die Wahl vermutlich gefälscht war.«

»Das stimmt nicht!«, protestierte Florian. »Wie sollte sie denn gefälscht worden sein? Es gab einen überwachten Wahlraum, und jeder hat dort seine Stimme abgegeben.«

»Leute, seid vernünftig«, sagte ein weiterer Junge spielerisch. »Er hat gewonnen – egal, ob gefälscht oder nicht. Viel besser wäre es, zuzusehen, wie er abgewählt wird oder total scheitert, anstatt ihn zu verprügeln.«

»Da hast du recht«, stimmte der Anführer schließlich zu und pustete gelangweilt gegen sein Hemd. »Florian, gib mir mal dein Wasser.«

»Zum letzten Mal, Kevin: Nimm dein eigenes Wasser mit!«, erwiderte Florian zögernd, reichte ihm aber doch die Flasche.

Kevin trank einen Schluck, spuckte in die Flasche und goss das restliche Wasser über Florians Kopf.

»Das war das letzte Mal, versprochen.«, sagte er schließlich, bevor er mit seinen Freunden verschwand.

Ich stand wie angewurzelt da und beobachtete die Szene. Die Drohungen der Jungs, vor allem die mit dem Tod, hatten mich erstarren lassen. Nach allem, was ich gesehen hatte, glaubte ich, dass ihre Worte keine leeren Versprechen waren.

Florians Zustand und seine Kleidung sprachen Bände. Diese Übergriffe waren offenbar keine Seltenheit. Wahrscheinlich hatte er gehofft, dass die Sommerferien einen Schlussstrich unter das Mobbing ziehen würden, doch die Realität sah anders aus. Seine Kandidatur war ein verzweifelter Versuch, aus der Opferrolle auszubrechen. Vielleicht hatte er gehofft, durch das Amt des Schulsprechers Stärke zu zeigen und die Schule zu verändern. Es war beeindruckend, dass er trotz all dessen nicht einfach die Schule gewechselt hatte.

10

Die Sache mit Tina und Marlon war noch lange nicht vorbei, und langsam wurden die Nachwirkungen ihrer Trennung deutlich spürbar. Tinas Freunde solidarisierten sich zunehmend mit ihr, während Marlons Freundschaft mit Antonio an der Situation zerbrach.

Marlon hatte keinen offensichtlichen Grund gehabt, mit Tina Schluss zu machen. Zumindest war das die Meinung der meisten. Ihre Beziehung wirkte nach außen hin perfekt – das ideale Bild einer jungen, harmonischen Partnerschaft. Die beiden strahlten Vitalität aus, lachten viel miteinander und bestätigten sich ständig gegenseitig.

Sie schienen füreinander da zu sein, gaben einander Komplimente, hielten sich romantisch an den Händen. Es war diese jugendliche Magie, die sie umgab. Vielleicht war er sogar ihr erstes Mal gewesen.

Doch so plötzlich, wie diese Beziehung begonnen hatte, war sie auch zu Ende gegangen.

Die Magie hielt zweieinhalb Jahre, bevor sie in einem entscheidenden Moment erlosch. Tina wurde das Herz gebrochen, und Marlon war für die meisten einfach nur ein Arschloch.

Trotzdem versuchte ich, Marlons Verhalten zu verstehen. Seit der Trennung hatte er sich immer mehr zurückgezogen, isolierte sich von seinen Freunden und vertiefte sich stattdessen in politische Themen. Vielleicht lag es daran, dass er älter wurde, reifer. Tina hingegen war unverändert. Sie war immer noch die Tina, die man nie ohne ihre besten Freundinnen Tammy und Lia sah. Sie war weiterhin auf jeder Party zu finden, lachte und schien den Herzschmerz überraschend schnell verarbeitet zu haben – oder verdrängte sie ihn vielleicht nur?

Wir hatten nur einen gemeinsamen Kurs: Ethik.

Unser Lehrer, Herr Berger, war großartig. Er unterrichtete mit einer Begeisterung, die ansteckend war. Seine Erklärungen waren so prägnant und verständlich, dass ich sie mir oft wortwörtlich merken konnte. An diesem Tag stand er wie immer vorne, klatschte in die Hände und lächelte uns motiviert an.

»So, meine Freunde, heute beschäftigen wir uns mit dem menschlichen Wesen«, begann er. »Damit der Unterricht nicht zu trocken wird, habe ich mir etwas Kreatives ausgedacht. Wir sind vierundzwanzig Personen im Kurs, also bitte ich euch, reihum bis zwölf zu zählen.«

Ein Schüler rollte mit den Augen. »Herr Berger, ehrlich, können wir uns nicht einfach selbst Partner aussuchen? Wir sind schließlich in der zwölften Klasse.«

»Der Sinn der Übung ist, mit jemandem zu arbeiten, den ihr noch nicht so gut kennt«, erklärte er geduldig. »Also fangt an zu zählen.«

Die Klasse fügte sich, und bald hatte jeder eine Nummer.

Ich war die Acht.

Tina war die Acht.

»Jetzt geht bitte zu der Person mit eurer Nummer«, fuhr Herr Berger fort. »Führt eine normale Unterhaltung – Small Talk, Deep Talk, was auch immer. Danach sollt ihr Eigenschaften aus eurem Gegenüber herausarbeiten. Das können auch nonverbale Signale sein.«

Tina meldete sich. »Herr Berger, könnten Sie uns ein Beispiel geben?«

»Natürlich«, antwortete er geduldig. »Wenn du Sophia fragst, was sie gerne am Wochenende macht, und sie sagt, dass sie gerne feiern geht, dann präsentierst du später, dass Sophia gerne feiern geht. Daraus könntest du schließen, dass der Mensch ein soziales Wesen ist.«

Tina grinste spöttisch. Das Beispiel passte so gar nicht zu mir.

»Und aus meinem Hobby schließt du, dass der Mensch ein soziales Wesen ist«, ergänzte ich ruhig, um es ihr zu erklären.

»Du? Ein soziales Wesen?«, spottete Tina. »Man sieht dich doch nie mit Freunden.«

Diese Bemerkung war so typisch für sie.

»Kein Wunder, dass Marlon mit dir Schluss gemacht hat«, erwiderte ich kalt. »Du bist sicher eine anstrengende Freundin gewesen, die ihre Unsicherheiten auf andere projiziert.«

Ihre Augen funkelten wütend. »Pass auf, was du sagst.«

Ich lehnte mich vor und sah sie herausfordernd an. »Und was willst du mir antun?«

Tina zischte: »Ich habe tolle Freunde und brauche weder deine Meinung noch die von irgendjemand anderem.«

»Du leugnest gerade eine grundlegende menschliche Eigenschaft«, murmelte ich. »Wir sind Herdentiere. Wir sind in gewissem Maße von der Meinung anderer abhängig – das ist völlig normal.«

»Von welchem Psychologen hast du das?«

Für den Rest der Stunde sprachen wir nicht mehr miteinander. Die Stille zwischen uns war erdrückend.

Nach der Stunde verschwand Tina schnell, wahrscheinlich auf die Toilette. Dabei fielen drei Zettel aus ihrer Jacke, die sie zusammen mit ihrem Handy mitgenommen hatte.

Als ich ihr hinterherrufen wollte, war sie schon weg. Ich hob die Zettel auf, um sie wegzuwerfen – aber dann bemerkte ich, was darauf stand. Es waren Wahlzettel. Drei Zettel von der Schulsprecherwahl im letzten Jahr. Und es waren nicht ihre.

Plötzlich war alles klar: Die Schulsprecherwahl war manipuliert worden.

11

Die Wahl wurde gefälscht.

Die. Wahl. Wurde. Gefälscht.

Doch wie war das möglich? Der Wahlraum wurde überwacht, und die Wahlen unterlagen strengen Kontrollen. Die Mitglieder der Schülervertretung galten als neutrale, unparteiische Instanz. Sie achteten darauf, dass jeder Schüler den Raum nur einmal betrat und eine Stimme abgab. Es gab Maßnahmen, die das Ergebnis glaubwürdig erscheinen ließen.

1517 Stimmen wurden abgegeben, exakt so viele wie die Anzahl der Schüler, die in der Schul-Cloud verzeichnet waren. Alles schien auf den ersten Blick korrekt. Doch jemand musste die Stimmzettel, auf denen für Marlon gestimmt wurde, entfernt und durch Stimmen für Florian ersetzt haben. Und höchstwahrscheinlich hatte Tina vergessen, drei der gefälschten Zettel in die Wahlurne zu werfen. Diese wurden später als Enthaltungen gewertet.

Ich begann, die betroffenen Schüler zu befragen. Ein Neuntklässler namens Oliver Pfeiffer sagte, er habe für Marlon gestimmt. Doch seine Stimme wurde offenbar Florian zugerechnet. Auch Natalie Bach behauptete, sie hätte Marlon gewählt. Es war offensichtlich, dass Stimmen manipuliert worden waren.

Und die Person, die das getan hatte, war Tina. Aber warum?

War es aus Rache? Hatte sie einen so starken Hass auf Marlon entwickelt, dass sie alles daran setzte, ihn scheitern zu sehen? Es schien so. Sie musste ihn so sehr verachten, dass sie ihre eigenen Grenzen überschritt. Vielleicht hatte sie nie verstanden, warum er ihre Beziehung beendet hatte.

Marlon hatte seine Karriere als Schulsprecher vorangetrieben und seine Beziehung aufgegeben. Vielleicht war er tatsächlich ein Karrieremensch, der sich nur auf seine Ziele konzentrierte und seine zwischenmenschlichen Beziehungen auf der Strecke ließ. So jemand, der später ein Workaholic werden würde, CEO eines Unternehmens. Vielleicht war er wirklich das Arschloch, als das ihn viele sahen, und Tina war das Opfer, das zurückgelassen wurde.

Doch wie hatte Tina es geschafft, die Wahl zu manipulieren?

Tina war die Schwester des Direktors. Ihr Bruder musste ihr Zugang verschafft haben. Diese Erkenntnis brachte mich innerlich zum Kochen. Irgendwas war los zwischen Herrn Reinsch und Marlon. Der Direktor müsse irgendwie von der Wahlfälschung profitieren. Ich ballte die Fäuste und schlug sie auf den Tisch. Es war ungerecht.

Vielleicht steigerte ich mich hinein, vielleicht lief die Wahlfälschung anders ab. Trotzdem war es nicht zu leugnen: Es gab Menschen, die hart für ihre Ziele arbeiteten, und andere, die durch Tricks und Privilegien ihren Weg gingen.

Ich dachte an Schüler wie mich.

Mein Vater hatte mich großgezogen, bis ich zehn Jahre alt war. Unsere Beziehung war geprägt von Streit, Narzissmus und Konflikten. Ein Vorfall hatte mein Leben verändert.

Seitdem trug ich jeden Tag denselben grauen Schal, um meinen Hals zu bedecken. Jeden Tag, seit ich zehn war. Ich konnte nicht daran denken.

Nicht an diese Machtlosigkeit. Dieses Gefühl, tatenlos zusehen zu müssen.

Atme, Sophia, atme.

Ich wollte, dass an meiner Schule alle die gleichen Chancen hatten – unabhängig von Herkunft, Status oder Beziehungen. Ich wollte eine Schule, die fair war, die niemanden bevorzugte oder benachteiligte. Die Wahlfälschung war nur die Spitze des Eisbergs. Ich war mir sicher, dass es tiefere Machenschaften gab, und ich musste sie aufdecken.

Ich hatte Beweise.

Ich könnte zu Emma gehen und sie alles in der Schülerzeitung veröffentlichen lassen. Sie würde es lieben, einen solchen Skandal aufzudecken. Ich könnte zu Herrn Berger gehen, einem Lehrer, dem ich vertraute. Aber konnte ich sicher sein, dass er auf meiner Seite war?

Vielleicht würden Lehrer alles tun, um den Direktor zu schützen. Schließlich war Herr Reinsch eine Schlüsselfigur. Wenn der Lokale Bildungsrat Kronwiesenthals von der Wahlfälschung erfahren würde, was würde dann passieren?

Eine schlechte Tat blieb eine schlechte Tat. Herr Reinsch war ein stiller Unruhestifter, und ich konnte nicht zulassen, dass er mit solchen Machenschaften davonkam. Ich war mir ziemlich sicher, dass er mitverwickelt war. Es war Zeit, die Wahrheit ans Licht zu bringen

12

Ich grübelte, wie ich Herrn Reinsch konfrontieren könnte. Ich wusste, dass ich mich bei direkter Konfrontation angreifbar machen würde, also brauchte ich eine ausgeklügelte Strategie. Es dauerte nicht lange, bis ich den perfekten Plan hatte und Marlon kontaktierte.

Er wunderte sich sicher, warum seine damalige Konkurrentin ihn anschrieb und um ein Treffen bat, aber er sagte zu, als er erfuhr, dass ich mit ihm über die Schulsprecherwahl sprechen wollte, denn es frustrierte ihn immer noch. Er hasste es, zu verlieren. Er hasste es, denn es verletzte seinen Stolz. In der Mittelstufe war er derjenige, der mit seinem Pseudowissen prahlte und nach einer Niederlage wie ein kleines Kind anfing zu jammern.

Dennoch war es eine Bereicherung, zu ihm nach Hause eingeladen zu werden. Es war die Rosengasse – ein Stadtteil in der Kleinstadt Kronwiesenthal, in der sich unsere Schule ebenfalls befand. Die Rosengasse war einer der privilegierten Stadtteile. Dort müffelte es nach Kapitalismus. Nein, ich war nicht neidisch auf die Menschen, die sich die teuersten Villen, die modernsten Yachten und brandneue Autos leisten konnten, aber ich war neugierig, wie es wohl sein musste, zu dieser Welt zu gehören.

Ein Alltag geprägt von Exzessen, Materialismus und Habgier, glamourösen Partys, schicken Designerklamotten und unendlich vielen Freunden. Mitzubekommen, wie die Kinder die Erben von den Unternehmen ihrer Eltern werden würden, ob sie es wohl verdient hatten oder nicht.

Genau diese Gedanken kreisten mir durch den Kopf, als ich bei Marlon zu Hause ankam. Die Tür stand schon offen, und ich trat ein. Es war überwältigend, und für einen Moment – einen kleinen Moment dachte ich, dass ich dazugehörte. Dieser Marmorboden, auf dem ich lief.

Diese Fassade des weißen Minimalismus, bevor mir teure Vasen begegneten. Diese LED-Lichter, die zu dieser ruhigen Stimmung beitrugen, und ein großer Fernseher. Das war alles so einschüchternd für mich.

Schließlich setzte ich mich auf einen Drehstuhl im Wohnzimmer, als Marlon die Treppe hinunterkam.

»Hallo, Sophia«, begrüßte er mich mit sanfter Stimme.

»Hey«, sagte ich schüchtern und blickte zu Boden.

»Wo sind deine Eltern?«

»Sind verreist, auf den Malediven.«

»Ah, wow«, erwiderte ich, ohne zu wissen, wie ich angemessen reagieren sollte.

Er begab sich in die Küche und holte zwei Gläser und eine Flasche Whisky.

»Möchtest du einen Drink?«, fragte Marlon trügerisch sanft, während er mich mit diesen intensiven, dunkelbraunen Augen anfunkelte.

Ich war betrübt von seiner Dominanz, die er an den Tag legte – als wäre er ein erwachsener Mann, der mit mir verhandeln würde.

Es war spätabends, und mein Blick wanderte über das breite, zylinderartige Glas, in das er Whisky schüttete. Für einen Moment weiteten sich meine Augen, als ich die glänzende braune Flüssigkeit sah, die in das Glas floss. Es war pure Furcht, die mir kalt den Rücken herunterlief. Er war so dominant. Es war erschreckend, aber auch anziehend zugleich.

»Nein, danke«, erwiderte ich mit tiefer Stimme, während meine eiskalten blauen Augen ihn finster anblickten. »Ich bevorzuge Wasser.«

Er stöhnte kurz auf – dieses kontrollierte Stöhnen, mit dem er aufstand und mir Wasser in ein Glas einschenkte.

Verlier nicht die Kontrolle.

Bleib ruhig und lass dich nicht einschüchtern.

Ich fühlte mich wie gelähmt an meinem Drehstuhl, während er sich auf sein Sofa setzte, seine Beine ausstreckte und seine Uhr ablegte. Er zog für einen Moment seine Augenbrauen hoch und seufzte, als ob er das Gespräch schnell abhandeln wollte.

»Gut, Sophia, was gibt es denn?«, sagte er, während er sich ungeduldig auf die Lippe biss.

»Wie geht es dir?«, fragte ich fürsorglich. Meine Augen funkelten ihn mit dieser Neugier und der Sehnsucht nach einer aufrichtigen Antwort an. »Ich meine das mit – du wärst ein guter Schulsprecher geworden.«

Marlon lachte höhnisch, während sein Gesicht errötete. »Du kannst es ruhig aussprechen. Mit der Niederlage, meinst du?«

Ich kam zu Sinnen und meine Stimme gewann an Stabilität, als ich feststellte, dass er die Dinge lieber offen und ehrlich handhaben wollte. »Ja, mit der Niederlage«, wiederholte ich nachgebend.

»Warum bist du so interessiert?«, fragte er skeptisch.

»Meine Solidarität für Florian war persönlicher Natur. Nicht politischer«, versuchte ich ihm zu erklären.

»Das war mein Fehler, und ich möchte Abbitte leisten.«

Er warf mir einen fragenden Blick zu. »Abbitte?«

»Erzähle mir von Florian«, sagte ich schließlich.

Der Fuß ist in der Tür.

»Ich kann es nicht nachvollziehen«, sagte er. »Er stellt sich am letzten Tag der Frist auf und gewinnt. Ich war der bessere.«

Er stampfte mit dem Fuß auf den Boden und stöhnte vor Wut, während ich mein vorgetäuschtes Mitgefühl ihm gegenüber ausdrückte.

»Es ist, als würde dein Umfeld gegen dich spielen, Marlon. Du machst mit Tina Schluss, wirst als Herzensbrecher betitelt und schließlich verlierst du die Wahl.«

»Du verstehst mich, Sophia«, erwiderte er.

»Ich kann Tina wirklich nicht ausstehen. Ihre Selbstgefälligkeit schadet ihr und ihrem Bruder mehr, als sie ihnen guttut«, meinte ich schließlich.

»Du denkst sehr viel darüber nach«, stellte er fest.

»Das tue ich«, sagte ich. »Es gibt Menschen, die hart für ihre Ziele arbeiten. Ich möchte nicht wegsehen und dadurch unserer Schulkultur Schaden zufügen.«

Hart aufgrund finanzieller Mängel.

Hart aufgrund belastender äußerer Umstände.

»Ich stimme dir zu«, sagte er schließlich. »Ich habe hart für meinen Wahlkampf gearbeitet.«

Ich habe jahrelang hart gearbeitet. Für nichts.

»Das hast du, in der Tat«, bestätigte ich. »Ich habe die Stimmen gezählt.«

»Das weiß ich, Sophia«, erwiderte er. »Möchtest du mit mir über die Wahl reden?«

»Genau das möchte ich«, antwortete ich. »Tina hat ein paar Zettelchen mit Schülern, die für dich stimmten, rausgenommen und sie durch Stimmzettel für Florian ersetzt.«

Er blickte mich mit dieser Schockstarre an und atmete auf.

»Das glaube ich dir nicht.«

Schließlich legte ich ihm die Zettel vor. »Hier siehst du sie.«

Er nahm die Wahlzettel in die Hand und riss seine Augen weit auf.

»Die Wahl wurde gefälscht«, stellte er eindringlich fest.

»Ihr fielen die Zettel im Ethikunterricht herunter. Ich habe die Schüler befragt. Beide meinten, für dich gestimmt zu haben.«

Seine Atemzüge wurden lauter, doch ich ließ ihn seine ganze Wut ausspielen. Es war mir egal. Er war mir egal, denn es ging hier um mich. Meine Solidarität galt mir und all denjenigen, die in zerrütteten Familienverhältnissen lebten und hart für ihre Träume arbeiteten, und nicht der reichen privilegierten Oberschicht.

»Wie hat sie das geschafft? Der Raum mit den Stimmzetteln ist überwacht.«

»Womöglich war ihr Bruder mit im Spiel.«

»Das reicht!«, sagte er. »Ich werde morgen zu Herrn Berger gehen und ihn über die Wahlfälschung informieren! Dann ist Florian kein Schulsprecher mehr! Warum hast du das nicht getan?«

Ich lachte schließlich. »Das ist legitim, aber nicht pragmatisch. Herr Reinsch steht ohnehin schon in einem schlechten Licht. Er treibt seine eigene Agenda voran.«

»Wir müssen ihn entmachten. Herr Reinsch hasst mich. Er steckt definitiv dahinter.«, meinte Marlon, woraufhin ich befriedigt nickte.

Er lief hin und her und zerbrach sich den Kopf. Ich habe ihn noch nie so voller Verzweiflung gesehen.

»Aber wie stellen wir das an? Sophia, was soll ich tun?«

»Wir brauchen Florian.«

Marlon lachte. »Florian? Bist du dir sicher, dass er sich unserem Plan anschließt?«

Sophia schüttelte den Kopf. »Er muss es nicht verstehen. Florian braucht Hilfe für dieses Amt und wir werden ihm die Hilfe geben, die er benötigt.«

»Aber ich möchte Schulsprecher werden. Der Platz steht mir zu!«

Sein Idealismus spielte mit meinem Verstand. Auch wenn ich nur die Stimmenzählerin im Hintergrund war und er der reiche, privilegierte Prinz Charming, der fälschlicherweise eine Schulsprecherwahl verlor, war ich ihm eindeutig überlegen.

»Deine Zeit wird kommen, Marlon. Zunächst muss Florian uns jedoch tarnen. Wir müssen Einfluss auf seine Politik nehmen.«

Marlon dachte nach. »Du hast recht.«

»Lehn du dich zurück«, sagte ich schließlich sanft. »Ich kann das erledigen. Das bin ich dir schuldig.«

Er blickte mich ernst an. »Danke dir, Sophia.«

13

Mein Plan war nie, Abbitte bei ihm zu leisten. Gott, war er dämlich. Sein Verstand war von der Niederlage zerstört, sodass er nicht mehr klar denken konnte. Vor einem Jahr hätte er niemals mit mir zusammengearbeitet und nun gab er sich meinem Plan vollkommen hin.
Ich war diejenige, die es verdient hatte, Schulsprecherin zu werden.

Heute war Donnerstag – das hieß, dass es erneut eine Schülervertretungssitzung gab, die von Florian geleitet wurde. Diesmal kam er pünktlich, in sauberen Klamotten und mit einem halbwegs geplanten Auftreten. Wir saßen erneut auf unseren Plätzen, als Florian uns begrüßte. Herr Berger war ebenfalls dabei.

»Hey Leute«, sagte er schließlich in einem nervösen Tonfall. Er zog die Augenbrauen hoch, knirschte mit den Zähnen und rieb seine Hände.

»Ich habe es heute etwas verbockt.«

Das Schülervertretungsteam stöhnte im Chor auf.

»Was lief denn schief?«, fragte Herr Berger leicht gereizt.

»Mir ist Ehrlichkeit sehr wichtig. Ich möchte euch nicht anlügen, aber ich habe total vergessen, mich um den Verkauf der Zimtschnecken zu kümmern.«

Marlon vergrub sein Gesicht in seinen Händen, während Herr Berger seufzte: »Ach Florian, woran liegt das denn?«

Florian schüttelte unbeholfen den Kopf: »Ich weiß es nicht, aber ich verspreche, dass es nie wieder vorkommen wird. Es tut mir leid.«

»Was ist denn mit dem Termin mit dem Schuldirektor?«, fragte Emma schließlich. »Wir wollen seit letztem Jahr unsere Handys in den Pausen benutzen und du wolltest verhandeln.«

»Den habe ich auch verpasst.«

Die Anspannung im Raum war groß. Blicke wurden getauscht und es gab viel Gerede.

»Ruhe jetzt, bitte«, sagte Herr Berger. »Florian, dir ist bewusst, dass du mit einem Misstrauensvotum abgewählt werden kannst, wenn du so weitermachst. Dann ist Marlon der stellvertretende Schulsprecher.«

Ich beobachtete, wie Marlons Mund sich öffnete, um zuzustimmen, bevor ich ihn mit meinem Ellbogen anstupste, um ihn wieder zur Vernunft zu bringen. Er war wie ein kleines Kind, das unbedingt belohnt werden wollte.

»Ja, danke nochmal für die Erinnerung. Ich möchte ein guter Schulsprecher für euch sein und ich verspreche euch, dass ich nächste Woche ein besserer bin.«

Schließlich war die Stunde vorüber und alle begaben sich auf den Weg nach Hause. Meine Augen fixierten
Florian, der seine Sachen packte und beschloss, zu gehen und den Raum abzuschließen.

»Du sprichst jetzt mit ihm, oder?«, fragte Marlon ernst.

»Ja, wenn du die Dinge erledigst, dann fällt das mehr auf. Du warst immerhin sein Rivale.«

Er nickte und ging ebenfalls, als ich und Florian allein waren.

»Florian.«

Ich kam auf ihn zu, als er seinen Blick auf mich richtete. Er hatte diese großen grünen Augen voller Sanftmütigkeit und dieses wunderschöne Lächeln. Dieses aufrichtige Lächeln, das von seinem Herzen kam.

Oh Gott, war er süß. Er war so niedlich. Dieses kindliche Gesicht, diese Unschuld in seinen Augen. Er sah aus wie ein Engel auf Erden. Viel zu gutherzig, viel zu naiv, um meinen Plan zu durchschauen. Er tat mir schon fast leid. Doch dann fasste ich mich wieder.

»Ich würde sehr gerne mit dir sprechen, wegen der ganzen Schülersprechersache.«

Er biss sich auf die Lippen.

»Ich war heute verpeilt. Es tut mir leid.«

Nicht nur heute.

Ich legte meine Hand auf seinen Arm und streichelte ihn.

»Du brauchst dich dafür nicht zu entschuldigen. Du musst dich daran gewöhnen.«

»Ich weiß, es ist nur alles so viel für mich.«

… dabei war deine Kandidatur nichts weiter als eine dumme Wette.

Er wirkte so schwach und unbeholfen und er brauchte Hilfe. Ich würde ihm meine Vorstellung von Hilfe anbieten. Hilfe, die meinem Plan gerecht werden würde.

»Florian, du wirst ein erfolgreicher Schulsprecher. Du brauchst nur noch etwas Übung.«

»Kannst du mir helfen?«, fragte er schließlich mit diesem Welpenblick. »Das wäre sehr großzügig.«

»Natürlich werde ich dir helfen. Ich kann gerne ein paar organisatorische Dinge für dich erledigen. Ich habe auch mit Marlon darüber gesprochen.«

Er runzelte für einen Moment die Stirn und fragte verwirrt: »Marlon?

Aber der ist doch mein Konkurrent gewesen. Warum möchte er mir helfen?«

Ich fing an zu lachen: »Er ist dein Konkurrent gewesen, ja. Aber er ist nicht dein Feind. Er hat dein Engagement immer geschätzt und fand es sogar total amüsant, wie viel Mühe du dir gegeben hast.«

In meinem ganzen Leben habe ich noch nie solche absurden Worte in den Mund genommen. Solche Lügen erzählt. Aber es machte mir Spaß.

Erheblich viel Spaß.

»Echt?«, fragte er immer noch mit diesen großen Augen. Seine Pupillen weiteten sich.

»Ja, klar. Wir als die Schülervertretung sind ein Team und es ist wichtig, dass wir einander helfen. Wir möchten deine Freunde sein.«

»Freunde? Wow, danke schön!«, sagte er schließlich, während er vor Vorfreude regelrecht platzte. »Ihr könnt gerne zu mir nach Hause kommen, dann zeige ich euch alles.«

14

Marlon bat mich am selben Tag noch um ein Treffen.

Ich fuhr erneut zu ihm nach Hause und ließ mich von der Größe, dem Glanz seiner Villa einschüchtern. Es war ungewohnt, dass ich solche prachtvollen Häuser betrat, und jedes Mal konnte ich nicht anders, als zu staunen.

Aber gleichzeitig hatte es etwas Angsteinflößendes. Irgendwas Mysteriöses. Seine Tür stand erneut offen und ich ging hinein. Als ob das sein Stichwort gewesen wäre, kam er sofort runter und setzte sich mit mir auf die Couch. Ich überschlug meine Beine, während ich mich zurücklehnte.

Ich hoffte, er spürte diese Kälte in meinem Ausdruck. Dieses skrupellose Kalkül, das ich anfechten wollte.

Jedoch sah ich das Misstrauen in seinen Augen, und er musterte mich von oben bis unten.

»Wie lautet der Plan, Sophia?«, fragte er und trank einen Schluck Wasser. »Hast du eine genauere Vorstellung, wie du das alles anstellen willst?«

Ich blickte für einen Moment zur Seite, bevor ich meine verdunkelten blauen Augen auf Marlon richtete.

»Ich habe heute mit Florian geredet.«

Marlon stieß einen amüsanten Laut von sich aus. »Er muss mit Sicherheit fassungslos vor Freude sein, dass wir ihm helfen wollen«, lachte er.

»Habe ich dir schon erzählt, dass seine Kandidatur nur auf einer Wette basiert?«

Marlons Augen rissen weit auf. »Eine Wette?«

Mein Tonfall erhellte sich etwas, als ich ihm das berichtete. »Wenn er gewinnt, dann hört das Mobbing von seinen Mitschülern auf.«

»Und er hat gewonnen, aber fälschlicherweise.«

Ich nickte. Für einige Sekunden war es still, bevor ich weitersprach.

»Wir beide werden nächste Woche Florian genauer kennenlernen, und er wird uns in seine Aufgaben einweihen. Danach werden wir ihn ansprechen, aufgrund der Intransparenz des Schulleiters. Wir werden uns etwas überlegen, um ihn systematisch fertigzumachen.«

15

Tina und ich waren die Einserkandidatinnen in Ethik bei Herrn Berger. Ich würde behaupten, dass ich die Moralischere von uns beiden war. Tina jedoch war in üble Machenschaften verwickelt, die ich im Namen der kollektiven Gerechtigkeit nicht gutheißen konnte.

Natürlich konnte man mir viel unterstellen. Ich wusste, wie es aussah, einen kleinen Jungen als politische Marionette in meinen Plan einzubinden. Aber Opfer mussten gebracht werden, wenn man Gutes für die Welt tun wollte. Florian würde es ohnehin nicht weit im Leben bringen.

Ich war überzeugt, dass ich es am meisten von allen verdient hatte, Schulsprecherin zu werden. Ich strebte nach meinen Idealvorstellungen – keine Sorge, sie waren förderlich für die Gemeinschaft und die Schulkultur. Ich wollte meinen Ruf an dieser Schule vergolden, wollte meiner Loyalität Ausdruck verleihen. Doch wenn mir jemand den Weg zur Spitze verbaute, musste ich meinen Einfluss anderweitig sichern. Vielleicht war es sogar besser, im Hintergrund zu bleiben und von dort die Fäden zu ziehen. Das war legitim, denn eigentlich hätte ich Florians oder Marlons Platz einnehmen müssen. Ja, ich benutzte meine Mitmenschen wie Schachfiguren. Aber es diente dem Wohl der Gemeinschaft, der Erhaltung von Gerechtigkeit. Ein Opfer war kein Opfer.

An jenem Tag besuchten wir Florian. Er lebte in einem Einfamilienhaus nördlich von Kronwiesenthal.

Ich klingelte, und seine Mutter öffnete uns mit einem freundlichen Lächeln: »Hallo, ihr müsst Florians Freunde sein«, begrüßte sie uns und schüttelte uns die Hände.

»Kommt ruhig rein.«

Wir traten ein und stellten uns höflich vor.

»Wo ist Florian?«, fragte Marlon freundlich. »Er ist oben und spielt Videospiele. Wahrscheinlich hat er seine Kopfhörer auf und hört nichts. Ich hole ihn runter.«

Sie ging die Treppe hinauf, während Marlon und ich uns mit Blicken verständigten.

»Seine Mutter wirkt ziemlich aufgeregt«, stellte Marlon fest.

»Wahrscheinlich, weil zum ersten Mal Leute freiwillig zu ihm nach Hause kommen«, antwortete ich trocken.

Das Haus war ruhig und liebevoll eingerichtet. Kerzenlicht, dekorative Vasen und weinrote Teppiche prägten das Bild. Nach wenigen Minuten kam Frau Schüttler mit Florian zurück.

»Da ist er«, sagte sie stolz.

Florian grinste breit: »Hey.«

Er lief auf mich zu und umarmte mich herzlich, danach auch Marlon.

»Hey, schön, dich zu sehen, Kumpel«, sagte Marlon und schlug ihm die Faust.

»Ich habe leckeres Essen für euch gemacht. Florian, iss du bitte auch mit«, sagte Frau Schüttler und führte uns in die Küche.

Wir setzten uns an den Tisch und aßen wie eine Familie. Es war ein ungewohntes, aber äußerst erfrischendes Gefühl von Zusammengehörigkeit.

»Ich hoffe, es stört euch nicht, dass ich mit euch esse. Ich lasse euch später oben eure Ruhe«, erklärte sie lächelnd und zwinkerte schelmisch.

»Nein, das stört nicht«, versicherten wir beide.

Der Nudelsalat war phänomenal: Penne in einem frischen grünen Dressing, reich an Gemüse und Cashewkernen.

»Der schmeckt hervorragend!«, lobte Marlon mit vollem Mund.

»Das freut mich«, sagte Frau Schüttler mit einem warmen Lächeln.

Das Essen war köstlich, und wir lernten viel über die Schüttlers. Die Mutter begegnete uns mit einer berührenden Herzlichkeit. Man merkte, wie wichtig es ihr war, dass Florian Freunde hatte. Sie erzählte von seinem Tollpatsch beim Sport, was wohl als Ausrede für seine dreckigen Klamotten diente. Florian grinste nur verlegen.

Nach dem Essen driftete ich plötzlich in Gedanken ab.

-

»Sophia, ich habe dir neue Kopfhörer gekauft – als zusätzliches Geburtstagsgeschenk«, sagte meine Mutter.

Mit glänzenden Augen riss ich das Geschenkpapier auf und hielt stolz die Kabelkopfhörer in den Händen. Ich war überglücklich. Damals hatte ich ein etwas älteres Handy. Das Einzige, was ich tat, war Musik zu hören.

»Soll ich dir dein Lieblingslied abspielen?«, schlug meine Mutter vor. Ich nickte eifrig. Sie legte mir die Kopfhörer an, während ich schon voller Vorfreude zappelte. »Ich bin so froh, wenn Annabelle und Shila morgen zu meinem Geburtstag kommen«, erzählte ich begeistert. »Dein Geburtstag wird toll, das verspreche ich dir«, sagte sie, bevor sie das Lied anmachte.

Die ersten Töne erklangen.

Ich sang laut mit und tanzte unbeschwert. Irgendwann verschwand meine Mutter nach oben, um mit meinem Vater etwas zu besprechen.

»Mach die Musik lauter, dann fühlst du es mehr!«, rief sie.

Ich tat, was sie sagte, und das Lied lief auf Dauerschleife. Nach etwa zwanzig Minuten kam sie zurück – mit einem gezwungenen Lächeln und einer frischen Wunde am Auge.

»Mama, was ist passiert?«, fragte ich erschrocken. »Ach, nichts. Nur ein kleiner Unfall«, sagte sie betont beiläufig.

Eine Träne rollte über meine Wange, während ich stumm zu ihr hochsah. »Wegen deines Geburtstages... Es ist besser, wenn wir ihn absagen. Ich möchte nicht, dass die Eltern deiner Freunde mich so sehen.«

»Aber das ist nicht fair!«, rief ich unter Tränen. »Du hast es mir versprochen!«

-

Damals hatte ich es geahnt. Mein Vater musste ihr das angetan haben. Immer, wenn er trank, verwandelte er sich in ein Monster. Meine Mutter versteckte mich oft, indem sie mich mit lauter Musik oder Spielen ablenkte. Mir wurde erst später bewusst, was wirklich vor sich ging.

Zurück in der Gegenwart riss mich Marlons Stimme aus meinen Gedanken.

»Sophia?«, fragte er und schnipste mit den Fingern vor meinem Gesicht. »Komm, lass uns hochgehen.

16

Wir begleiteten Florian in sein Zimmer. Es war im ersten Stock: Ein kleines, relativ dunkles Zimmer mit blauen LED-Lichtstreifen und einer Menge Poster von Achtziger-Jahre-Filmen. Auf seinem Schreibtisch befand sich ein großer Monitor mit einer Tastatur und daneben eine Sammlung Videospiele.

»Das machst du also in deiner Freizeit«, stellte ich fest und kicherte.

Er nickte und erzählte uns von seiner Faszination für die Videospiele, die er neuerdings so gerne spielte. Er zeigte mit dem Finger auf das Blatt mit dem Sonnensystem und erzählte von seinem Traum, Astronaut zu werden und irgendwas mit Mathe oder Physik zu machen.

Schließlich stellte Marlon ihm die Frage, von der wir beide die Antwort schon kannten.

»Warum hast du kandidiert? Ich hätte nicht gedacht, dass jemand, der davon träumt, Astronaut zu werden, sich dafür interessiert, Schulsprecher zu werden.«

Florian ließ Laute von sich: »Uhm, ich …«, bevor er schließlich verlegen zu Boden blickte und die Wahrheit sagte: »Es war eine Wette.«

Er erklärte die ganze Geschichte, die wir schon kannten, aber wir taten so, als ob wir überrascht waren.

»Seit wann mobben die dich schon?«, fragte Marlon abrupt. »Wie hat es angefangen?«

»Na ja …«, sagte er schließlich, »Damals hatten wir eine Schülerin namens Lucy. Mit ihr hat es angefangen und niemand hat etwas gesagt oder getan. Alle haben nur zugesehen.«

»Du hast auch nichts getan?«, fragte ich empört.

»Nein, habe ich nicht«, erwiderte er, »Die Ideen kamen oftmals von Kevin – der Unruhestifter aus meiner Klasse. Schließlich wechselte Lucy die Schule und ich war der Nächste.«

Es machte mich wütend. Ich war so aufgebracht, als er davon berichtete, und für einen Moment vergaß ich, dass er meinem Zweck diente.

»Warum hast du nie etwas gesagt?«, fragte ich aufgebracht. »Weiß deine Mum davon? Du schleppst das seit zwei Jahren mit dir rum.«

Sein Blick war voller Bedauern und Schuldgefühle. Er schluckte hart: »Es hat jetzt aufgehört, seitdem ich Schulsprecher bin. Ich nehme diese Rolle sehr ernst und ich möchte gut handeln. Mobbing ist das Allerletzte!«

»Du scheinst es eher als eine Pflicht zu sehen, dir einen Namen durch das Schulsprechersein zu machen, als dass es dir Spaß macht«, sagte Marlon nachdenklich.

Er nickte: »Das ist wahr, aber ich …«

Er fing an zu lachen und schaute verträumt auf die Decke.

»Ich tue es auch, weil ich verliebt bin.«

Ich legte meine Hand aufs Herz und zog meine Augenbrauen hoch: »Wie süß. In wen denn?«

Florian schmunzelte beschämt: »In Emma.«

»Emma? Die Redaktion der Schülerzeitung?«

»Genau die Emma«, antwortete er befriedigt, »Wir sind Freunde, wenn man so sagen kann. Freunde bei Gelegenheit. Sie ist nett zu mir, aber ich möchte mehr von ihr.«

Marlon und ich wechselten für einen Moment Blicke, bevor ich Florian schließlich einredete: »Weißt du, dass du echt Glück hast, uns an deiner Seite zu haben?«

»Ja, vielen Dank nochmal!«

»Gerne, natürlich. Wir helfen dir bei all den Sachen und das Tolle ist, dass du am Ende stolz sagen kannst, dass du alles erledigt hast. Sag niemandem, dass wir dir hier helfen. Das wirft kein gutes Licht auf deine Karriere.«

Florians Miene zeigte seine Unbeholfenheit deutlich.

»Aber das wäre doch etwas gemein: Ich mache die Arbeit und ihr bekommt keinen Bonus dafür.«

Marlon schüttelte den Kopf: »Du machst letztendlich die Arbeit. Wir geben dir nur einen Anstoß oder helfen ein bisschen aus.«

Florian war so voller Hoffnung und strahlte vor Freude: »Danke, dass ihr meine Freunde seid.«

17

Florian. Florian. Florian.

Was mache ich nur mit diesem Bauern in meinem Schachspiel?

Ich war entschlossen, mit einer kühlen Rationalität langsam, aber sicher vorzugehen. Effizient und dominant, damit ich das System manipulieren konnte, langfristig zu meinem Vorteil. Doch es gab Momente, in denen er mir tatsächlich leid tat und ich mich mehr oder weniger dazu zwingen musste, diese Vorgehensweise anzunehmen. Ich entwickelte eine ambivalente Haltung ihm gegenüber.

Er wurde gemobbt und brauchte diesen Anker, diesen Anker, der ihm Stabilität verlieh. Also klammerte er sich an jeden fest, der nett zu ihm war, auch wenn diese Nettigkeit nur eine Illusion war. Ich interessierte mich nicht dafür, ob er mein Freund war oder nicht. Es ging mir lediglich um allgemeine altruistische Prinzipien, die ich als moralische Person aufrechterhalten konnte.

Ich brauchte ihn, um den Direktor zu stürzen. Jedoch war ich Herrn Reinsch zutiefst dankbar, dass er den Fehler gemacht hatte, einen kindlichen und naiven Schüler fälschlicherweise zum Schulsprecher zu küren.

Nachdem wir uns bei ihm getroffen hatten, erzählte er mir von den Aufgaben, die er als neuer Schulsprecher zu erledigen hatte: organisatorische Dinge, Treffen mit dem Schuldirektor, Kooperation mit der

Schülerzeitung, Besprechungen mit Lehrern und vieles mehr. Es war sehr viel für jemanden, der allein dastand, und wir entschlossen uns, ihm ein paar Lasten abzunehmen.

Marlon kontaktierte die Firma, die jedes Jahr im Winter die Zimtschnecken zu uns lieferte, während ich mich um die Menstruationsprodukte kümmerte. Wir würden ihm weiterhin im Laufe des Jahres die Arbeit abnehmen, und es würde für uns verdammt anstrengend sein – aber das war es wert.

Die Tage vergingen und schließlich fand die nächste Schülervertretungsstunde statt. Diesmal war Herr Berger abwesend.

Ich bemerkte die Selbstsicherheit mit gelegentlich ein paar unbeholfenen Zügen, die Florian mit seiner Gestik an den Tag legte. Es war erstaunlich, wie sein Selbstbewusstsein einen Schub bekam, nachdem er uns kennengelernt hatte und wir ihm das Gefühl gegeben hatten, seine Freunde zu sein.

Mich interessierte jedoch keine Person, die drei Jahre jünger war als ich. Was sollte ich mit einer Person anfangen, die nicht auf demselben Stand war wie ich? Er war einer von vielen Schülern in der Mittelstufe.

Schließlich betrat er mit diesem besonnenen Lächeln den Raum und blickte jeden von uns an.

»Hallo, Leute«, sagte er schließlich sanft. »Ich wollte mit euch ein paar organisatorische Dinge besprechen.«

Das Team richtete die Augen auf ihn und hörte ihm gespannt zu. Sein Auftreten war glaubwürdiger. Hin und wieder blickte er bescheiden zu Boden oder kratzte sich vor Nervosität am Ellbogen, aber er war auf dem richtigen Weg.

»Ich möchte mich zuerst entschuldigen für mein Benehmen von letzter

Woche«, sagte er bedauernd. »Es war inkompetent von mir und es tut mir leid, dass ich mich noch nicht um die ganzen Sachen gekümmert hatte. Aber das habe ich jetzt getan!«

Ich fing an zu schmunzeln, nachdem er das gesagt hatte, ohne uns zu erwähnen.

»Ich habe mich übrigens ebenfalls um die Menstruationsprodukte gekümmert und das Gespräch mit dem Schulleiter wird ebenfalls stattfinden.«

Marlon und ich tauschten Blicke aus, bevor wir anfingen zu klatschen. Die Menge tat das plötzlich ebenfalls.

»Auf Florian Schüttler!«, riefen sie feierlich. »Du machst das super, weiter so!«

Er lachte bescheiden: »Nein, nein, das ist doch selbstverständlich. Ihr seid übrigens auch ein tolles Team!«

Der Junge musste lernen, Komplimente anzunehmen.

Seine Augen strahlten voller Stolz, während er dieses Tröpfchen Anerkennung bekam. Es schien so, als ob er dies von anderen Menschen (außer seiner Mutter vielleicht) viel zu selten bekam.

»Du bist gut, Florian!«, lobte Emma ihn schließlich, als sie von ihrem Platz aufstand und ihn anlächelte.

»Danke, danke, Emma«, erwiderte er mit diesem aufrichtigen Lächeln und starrte sie für ein paar Sekunden an, bevor er schließlich seinen Blick auf den Kurs wandte: »Nun, für das Gespräch des Direktors möchte ich eure Meinung hören. Das heißt, dass ihr mir sagt, was euch an den jetzigen Problemen stört, und ich versuche, eine gute Lösung zu finden.«

Ich schaute Marlon an, der sich meldete, Florian nahm ihn dran.

Dieses idealistische Kind. Wollte unbedingt etwas bewirken. Er wollte provozieren, und ich ließ ihn, denn so hielt ich mich im Hintergrund.

»Was mich stört, sind die plötzlichen Maßnahmen von Herrn Reinsch, die ohne eine Vorwarnung den Schülerinnen erteilt werden«, erklärte Marlon. »Diese Maßnahmen sollten mit Statistiken belegt und mit Vorwarnungen gehandhabt werden, statt sie direkt wie Gefangene zu behandeln.«

Starke Aussage.

»Weitere Meinungen?«, fragte Florian, während der Rest Blicke tauschte.

»Okay, das würde ich dann mal so aufnehmen. Aber wir brauchen einen konstruktiven Lösungsvorschlag.«

Emma hob ihre Hand, woraufhin Florian sie dran nahm: »Ja, Emma?«

»Ich finde Marlons Vorschlag sehr ansprechend. Vor allem das mit den Statistiken. In Marlons Rede fand ich seine Analogie mit der echten Politik sehr einfallsreich.«

Ich blickte zu ihm, während er voller Stolz grinste und seine Arme verschränkte.

»In der Politik wird doch ebenfalls gesagt, warum und wie diese oder jene Entscheidungen getroffen werden. Diese Transparenz sollten wir fördern.

Ich werde auf der Webseite der Schülerzeitung die Interviews mit der Leitung veröffentlichen, wo Entscheidungen ebenfalls mit Statistiken belegt werden.«

Florian nickte staunend: »Ja, Emma, sehr gut. Das kannst du gerne machen! Hat noch jemand andere Vorschläge?«

Ich meldete mich: »Ja, ich möchte, dass es Vorwarnungen gibt, bevor solche Maßnahmen getroffen werden.«

Er nahm die Information auf.

18

Nachdem die Schülervertretungsstunde vorbei war, blieben Florian, Marlon und ich noch im Raum, um die nächsten Schritte zu besprechen. Die Atmosphäre war angespannt, die Spannung lag in der Luft. Wir warteten darauf, dass die letzten Personen den Raum verließen, damit wir endlich miteinander sprechen konnten.

»Und wie machen wir das jetzt?«, fragte Marlon, als der Raum endlich leer war. Ich hatte das Gefühl, dass er die Sache schnell hinter sich bringen wollte.

Florian blickte auf seine Notizen, die er während der Stunde gemacht hatte.

»Also, ich würde nächste Woche Donnerstag mit dem Schuldirektor sprechen, direkt nach der Schülervertretungsstunde.«

Mein Bauch kribbelte. Florian wusste nicht, worauf er sich einließ. Mit seiner kindlichen Haltung würde er niemals einem Schwergewicht wie Herrn Reinsch begegnen können. Ich war mir sicher, dass er einknicken würde, sobald er sein Büro betrat. Eigentlich würde ich diese Aufgabe lieber ihm überlassen, denn er war unsere Tarnung, damit wir nicht aufflogen. Doch ich hatte Zweifel, ob er sich durchsetzen konnte. Er wirkte einfach nicht überzeugend genug.

»Florian, denkst du, dass du dieser Aufgabe gewachsen bist?«, fragte Marlon ernst und sah ihm tief in die Augen.

Florian erstarrte für einen Moment und schien unsicher.

»Ja, das ist doch nicht so schwer«, sagte er schließlich mit einem halb ehrlichen Lächeln.

»Bist du dir sicher?«, wiederholte ich. »Ich weiß nicht, ob ein fünfzehnjähriger Schulsprecher die nötigen kommunikativen Fähigkeiten besitzt.«

Florian lachte und rollte die Augen.

»Sophia, natürlich habe ich die.«

»Na ja, Florian. Du musst bedenken, dass Herr Reinsch viel mehr Erfahrung hat als du. Vielleicht übt er auf dich irgendwie Druck aus.«

Ich bemerkte, wie Marlon mich mit einem schimmernden Ausdruck ansah, ein Blick voller Ungeduld, als er gespannt darauf wartete, was ich als Nächstes sagen würde.

Florian senkte verlegen den Blick.

»Du hast recht«, sagte er schließlich träge.

»Das Problem ist: Wenn Herr Reinsch das tut, wird deine Effizienz als Schulsprecher untergraben, und du wirst dein volles Potenzial nicht ausschöpfen können.«

»Wir wollen dir zum Erfolg verhelfen, Florian. Wir erledigen die ganze Arbeit für dich«, ergänzte Marlon schließlich.

19

Ich erinnerte mich noch genau an alles. Es war so anders, wenn man das Büro des Direktors betrat. Der Papierkram, die vielen PCs, die Akten und Unmengen an Kugelschreibern. Das war die Verwaltung der Schule, der Ort, von dem alle Regeln, Vorschriften und Einschränkungen kamen. Es schüchterte mich ein, denn es fühlte sich alles so ernst an – kein Spaß, wie im Unterricht. Ein Ort, der förmlich nach Arbeit rief. Ich wusste, dass ich niemals bereit wäre, einen Job anzutreten, bei dem es nur um Formalitäten ging.

Es war paradox: Wir rieten unserem Schulsprecher aufgrund seiner mangelnden Lebenserfahrung davon ab, das Gespräch zu führen, doch das Problem bestand auch bei mir. Florian war leicht zu beeinflussen – ich konnte ihm einreden, dass es für mich aufgrund meines Alters und meiner vermeintlichen Erwachsenenhaftigkeit kein Problem wäre, auf Augenhöhe mit dem Direktor zu sprechen, und er würde mir glauben.

Das stimmte nicht ganz. Es würde schwer sein, das Machtungleichgewicht zu kippen. Und ich fühlte mich von Herrn Reinschs Größe eingeschüchtert. Förmlich eingeschüchtert.

So eingeschüchtert, dass ich Angst hatte, den Faden meiner Argumentation zu verlieren.

Ehrlich gesagt gab ich mir lieber selbst die Schuld, wenn ich diese Verhandlung mit leeren Händen verließ, als einem anderen die

Verantwortung dafür zu geben. Also nahm ich die Sache selbst in die Hand. Aber ich war gut. Sehr gut. Ich wollte nicht umsonst Politikerin werden. Ich konnte das.

Außerdem war meine vorgetäuschte Freundschaft zu Florian ein gutes Mittel, um Einfluss auf seine Politik zu nehmen.

Schließlich trat Herr Reinsch ein. Er war formell gekleidet. Schwarzer Anzug, schwarze Stoffhose, schwarze polierte Schuhe. Sein Haar war hellbraun, seine hohen Wangenknochen erinnerten mich an die seiner Schwester.

Er starrte mich eindringlich an, mit diesen eiskalten blauen Augen – die gleichen blauen Augen, die ich ebenfalls hatte.

»Guten Tag«, sagte er in einem strengen, formellen Ton. »Wer sind Sie?«

»Hallo, Herr Reinsch«, begrüßte ich ihn mit voller Höflichkeit.

Ich streckte ihm die Hand entgegen, die er schüttelte: »Mein Name ist Sophia Dahl. Ich bin Mitgestalterin der Schülervertretung und heute im Auftrag von Florian Schüttler hier, um mit Ihnen über das Anliegen der Schülerschaft zu sprechen.«

Er verschränkte die Arme, seine Augen verdunkelten sich.

»Im Auftrag von Florian Schüttler, unserem Schulsprecher?«, wiederholte er misstrauisch.

»Ja, Florian ist leider krank geworden und hat mich gebeten, mit Ihnen zu sprechen.«

Er lachte spöttisch: »Mit mir als Schulleitung über euer Anliegen zu sprechen, ist die Aufgabe des Schulsprechers. Niemand anderes ist befugt, ihn zu ersetzen.«

Ich biss mir auf die Lippe und blickte kurz zur Seite, bevor ich ihn wieder ansah. Seine Selbstgefälligkeit ärgerte mich. Wir leben in einer Demokratie. Jeder Schüler sollte berechtigt sein, sein Anliegen mit der Leitung zu besprechen.

»Herr Reinsch, wissen Sie, Florian hat sich sehr schlecht gefühlt, nachdem er den Termin mit Ihnen verpasst hat. Er hat mit mir telefoniert und sich so schlecht gefühlt, dass er mich beauftragt hat«, schmeichelte ich. »Sie möchten doch sicher auch nicht Ihren Arbeitsaufwand maximieren.«

Für einen Moment blickte er nach unten, bevor er schließlich nachgab. »Also gut, nehmen Sie Platz.«

Ich setzte mich.

»Was ist denn Ihr Anliegen?«, fragte er schließlich genervt.

»Uns als Schülervertretung ist es wichtig, eine Brücke zwischen Schülerschaft und Schulleitung zu bauen. Das bedeutet, dass—«

Er unterbrach mich: »Sparen Sie sich das Gerede.«

»Sie wollen doch das Beste für Ihre Schüler, nicht wahr?«, fragte ich.

»Natürlich. Es ist mir wichtig, dass Sie und alle anderen hier die bestmöglichen Bildungschancen bekommen. Wir bieten viele großartige Projekte an, die uns von anderen Schulen abheben.«

Und gleichzeitig hebt sich Ihre Schule von anderen ab, indem sie Wahlen manipuliert.

»Wir sehen die Lehrerschaft, aber auch Sie als eine Art Mentor«, fuhr ich fort.

Ich konnte mir diese Schmeichelei nicht abgewöhnen. Naja, er war erst sechsunddreißig Jahre alt – ein sehr junges Alter für einen Schulleiter.

»Als Mentor?«, lachte er. »Ich bin in der Verwaltung tätig. Ich habe mit Ihnen, Florian und der ganzen Schülerschaft nicht viel zu tun, und Sie sagen mir, Sie sehen mich als Mentor?«

Er hatte einen guten Punkt, doch ich schmückte meine Behauptung aus.

»Aber Sie sind ein Mentor. Ein Vorbild für jede Person, die eines Tages einmal Führung übernehmen möchte.«

Ich sah es – das kurze Lächeln von Herrn Reinsch. »Nun, danke. Bitte fahren Sie fort.«

»Um eine stabile Beziehung zu pflegen, gehört es eben dazu, dass alles transparent bleibt. Wir als Schülervertretung haben uns besprochen und festgestellt, dass die Teilnahmepflicht trotz der Menstruation nicht ganz nachvollziehbar ist.«

Sein kurzzeitig sanfter Ton verwandelte sich in leichte Empörung.

»Das verstehe ich nicht.«

Ich wollte ihn unterbrechen, bevor er einen Grund nannte.

»Die strengeren Maßnahmen lassen sich mit der Ausrede der Schülerinnen begründen. Ich verstehe nicht, was daran nicht nachvollziehbar ist.«

»Tut mir leid, ich habe mich falsch ausgedrückt«, sagte ich schließlich. »Die Regeln sind nachvollziehbar, aber sie sind oberflächlich erklärt.«

»Oberflächlich erklärt?«, wiederholte er.

»Na ja, für eine nachhaltige Verbesserung der Umstände ist es wichtig, den Missbrauch von Regeln jenseits der Schülerinnen mit Statistiken zu belegen«, argumentierte ich. »Auf diese Weise entwickeln Schüler die benötigte Selbstreflexion.«

Er nickte, während ich fortfuhr: »Für viele kamen diese Regelungen zu abrupt.«

»Und was soll ich jetzt machen?«, fragte Herr Reinsch und hob die Augenbrauen.

»Ich würde Sie bitten, diese Statistiken an die Redakteurin der Schülerzeitung, Emma Finke, weiterzureichen. Sie wird sie für die Schüler veröffentlichen«, antwortete ich bedacht. »Ich würde Sie ebenfalls bitten, die Schüler vorzuwarnen und die Konsequenzen klar zu schildern.«

Herr Reinsch hielt für einen Moment inne, bevor er sagte: »Nein, das werde ich nicht machen.«

Ich runzelte die Stirn und sah ihn vorwurfsvoll an.

»Warum nicht?«, fragte ich nachdrücklich.

»Die Zeit fehlt uns dafür.«

Lügner.

»Es tut mir leid, aber ich bin ebenfalls hier, um eine gewisse Ordnung aufrechtzuerhalten. Sie sind nicht die Einzige, die sich beschwert haben. Ich habe auch mit den Eltern gesprochen, die sich beschwert haben. Aber Sie und Ihre Eltern haben die Schulordnung unterschrieben. In dieser wird unter anderem die Vollmacht der Regeln betont, die Sie der jeweiligen Leitung erteilen«, erklärte er mir. »Ihr Schüler seid hier, um gebildet zu werden. Bildung und Verwaltung werden klar voneinander getrennt.«

Ich hatte genug und wollte ihn am liebsten ins Gesicht brüllen, doch ich beherrschte mich. Ich blickte auf meine Uhr und seufzte.

20

»DER PLAN HAT NICHT FUNKTIONIERT?«, rief Marlon fassungslos und lief aufgeregt durch seine Villa.

Ich beobachtete ihn – die Weite seiner Augen, das rote Gesicht und den hektischen Gang. Die Ohnmacht war ihm anzusehen, und ich wusste, dass er und der Schulleiter in einen Konflikt geraten waren. Diese Unsicherheit machte mich gleichzeitig neugierig und besorgt. Wie viel Hoffnung er in den Plan gesetzt hatte.

Ich erzählte ihm von meinem Gespräch mit Herrn Reinsch und seiner Reaktion, während er weiterhin aufgeregt im Zimmer umherlief.

»Nein, hat er nicht«, flüsterte ich und drückte die Worte förmlich hervor. »Ich habe darauf bestanden, mit Herrn Reinsch zu sprechen, aber ich bin gescheitert. Es tut mir leid, Marlon.«

Ich fühlte mich wie eine Versagerin. Nicht überzeugend genug. Es war das alte Gefühl, das ich schon als Kind gekannt hatte – das Gefühl, nie gut genug zu sein. Als wäre ich wieder diejenige, die in einer toxischen Familie aufwuchs und die Beleidigungen des Vaters anhören musste. Diejenige, die mit den Wunden und der Narbe am Hals konfrontiert war. Der Tag, an dem ich fast gestorben wäre.

Atme, Sophia. Atme.

Ich kämpfte gegen die aufkommenden Tränen an, doch eine fand ihren Weg nach unten. In diesem Moment hatte ich das Gefühl, dass ich die vermeintliche Entschuldigung zu ernst nahm.

Er ist dein Feind. Den Schulsprecherposten zu übernehmen, ist dein Ziel. Hast du das vergessen?

Marlons Blick wanderte zu meiner Träne, bevor seine Miene weicher wurde. Die Anspannung auf seiner Stirn ließ nach, und sein Blick erhellte sich. Für einen Moment legte er seine eigenen Emotionen beiseite – für mich. Langsam ging er auf mich zu und versuchte, Augenkontakt herzustellen.

»Es ist nicht deine Schuld«, versicherte er mir sanft und wischte mir mit seinem Daumen die Träne ab.

»Doch, das ist es«, erwiderte ich mit zitternder Stimme und wich seinem Blick aus.

»Ich wollte dich nicht –«

Ich brach ab, blickte zu Boden, als er schließlich reagierte: »Schau mich an, Sophia.«

Ich gehorchte ihm.

»Es liegt nicht in deiner Hand, wenn Herr Reinsch sich widersetzt, weil er seine eigene Agenda verfolgt«, beruhigte er mich. »Florian hätte gegen ihn keine Chance. Mit mir hätte er gar nicht erst verhandelt, weil er mich verabscheut.«

Ich mochte, wie er mir diese Bestätigung gab. Diese Sicherheit, dass es nicht meine Schuld war. Es war alles so widersprüchlich: Es war nicht meine Schuld, aber trotzdem dachte ich, dass es meine war.

Marlon war in diesem Moment so sanft, so zart, als ob er fürchtete, ich könnte wie eine Glaspuppe zerbrechen. Es war irgendwie herzerwärmend.

»Du machst das gut, Sophia«, lobte er mich schließlich. »Du bist eine große Hilfe für uns alle.«

Große Hilfe?

Ich schüttelte mich. Mein Ziel war es nicht, Marlon mit aufrichtigen Gefühlen zu binden, sondern ihn mit falschen Versprechungen zu locken. Die einzige Bindung, die ich anstrebte, war die an meine eigene Karriere.

Wenn ich die Fäden in einem so komplexen System wie dem Schulsystem zog, konnte ich Einfluss gewinnen – aber mir auch Feinde machen. Florian war mein erster Verbündeter – dieser naive, bambiartige Junge. Sollte seine Position durch die Wahlfälschung schwinden, würde Marlon aufsteigen und der Handlungsspielraum würde sich vergrößern.

Das Ziel: Möglichst viel Kontrolle erlangen und die Geschehnisse nach meinem Ermessen lenken. Dafür war ich auf Marlons Vertrauen angewiesen.

»Warum hasst Herr Reinsch dich?«, fragte ich schließlich. »Ist es wegen Tina?«

Ich brauchte diese Antwort, um sie später gegen ihn zu verwenden. Eine Möglichkeit, Marlon zu erpressen, wenn er tatsächlich der Schulsprecher werden sollte.

»Ich möchte nicht darüber reden«, antwortete er kühl. »Wir werden uns etwas überlegen, um dem Ganzen hier ein Ende zu setzen.«

Es hatte nicht geklappt, er gab mir nicht die Information, die ich brauchte, aber das war für den Moment in Ordnung. Doch ich brauchte Einblick in seinen Verstand, um später die fehlenden Puzzleteile gegen ihn einzusetzen.

Wissen ist Macht, und wenn ich diese Macht hätte, würde mein Umfeld mir zu Füßen liegen. Ich würde ihn wie einen Spielball hin- und herwerfen, ihn in eine Ecke drängen, bis sich die Geschichte wiederholen würde und er genauso hilflos dastünde wie Florian Schüttler.

Plötzlich klingelte mein Handy. Ich bekam eine Nachricht.

Ich wurde zu einer Gruppe eingeladen – »Berufsinformationstage für Oberstufenschüler«. Verschiedene Fachleute aus unterschiedlichen Berufen würden in der Schule auftreten und über ihre Tätigkeiten berichten: Anwälte, Lehrer, Ärzte, Kfz-Mechaniker und viele mehr. Man durfte sich aussuchen, welche Berufe man näher kennenlernen wollte. Diese Veranstaltung würde in drei Wochen stattfinden, jeweils an Montag, Dienstag und Mittwoch.

Ich starrte nachdenklich auf den Bildschirm meines Handys, dann wandte ich mich an Marlon, der mich erwartungsvoll anblickte.

»Ich habe eine Idee.«

21

Der Plan wurde neu ausgerichtet.

Die Berufsinformationstage war nun der Kern unseres Schachzugs gegen Herrn Reinsch.

Wir mussten ihn – oder eine andere Person aus der höheren Verwaltung – dazu bringen, über seinen Beruf zu sprechen. Dabei wollten wir Widersprüche aufdecken und ihn mit gezielten Fragen in die Enge treiben.

»Sophia, würdest du bitte für einen Moment bleiben?«, fragte Herr Berger ernst, mit erhobener Stimme.

Ich nickte.

Herr Berger wollte mit mir sprechen, und es klang ernst. Ich vermutete, dass er von meiner gescheiterten Verhandlung mit Herrn Reinsch erfahren hatte.

Er schloss die Tür und blickte mich mit düsterer Miene an.

»Herr Reinsch ist neulich auf mich zugekommen«, begann er.

»Oh nein...«

»Er behauptet, du hättest einige merkwürdige Themen angesprochen.«

Ich seufzte. »Na ja, ich —«

»Sophia, du bist nicht die Schulsprecherin«, sagte er schließlich. »Solche Gespräche sind die Aufgabe von Florian.«

Der Herr Berger, den ich kannte, würde niemals solche Dinge sagen.

Ich blickte ihn unschuldig an und versuchte, ihn zu besänftigen: »Wir leben in einer Demokratie, Herr Berger. Jeder an dieser Schule sollte das Recht haben, die Dinge anzusprechen, die ihm nicht passen.«

Er schluckte, bevor sich seine Stimme vertiefte: »Nagut, Sophia.«

Ich nickte, dann hob ich den Ton an. Ich wusste, dass er mir nicht zustimmen wollte, aber er hatte keine andere Wahl, als nachzugeben.

»Danke! Es gibt keine Regelung, die das festlegt. Außerdem habe ich Florian einen Gefallen getan.«

»Ich verstehe.«

»Die Regelungen zum Sportunterricht fielen einfach so vom Himmel.«

»Na ja, für die Regelungen gibt es Gründe.«

»Klar, aber mehr Transparenz ist nötig.«

Herr Berger lachte schließlich: »Du nanntest ihn einen Mentor. Das habe ich mitbekommen.«

»Ja, natürlich. Der Schulleiter ist eine wichtige Führungskraft für uns. Er verkörpert Autorität«, bestätigte ich in einem erhellten Ton. »Es ist sehr wichtig, zu verstehen, wie es ist, an der Spitze einer Schule zu stehen. Ein Perspektivenaustausch ist entscheidend. Deshalb wäre es wirklich gut, wenn er auch an den Berufsinformationstagen teilnimmt. Dann können wir sehen, wie es ist, als Direktor oder in der Verwaltung zu arbeiten.«

»Das sollte ich mir mal überlegen.«

»Ja, überlegen Sie es sich!«, ermutigte ich ihn. »Die Schüler würden die Regelungen vielleicht besser verstehen, wenn sie Einsicht in seinen Beruf haben.«

Am selben Abend bekam ich eine Nachricht auf der Schulcloud:
»Tolle Nachrichten! Herr Reinsch wird ebenfalls erscheinen, um euch etwas über seinen Beruf zu erzählen.«

22

Nach dem Gespräch verließ ich den Raum und machte mich auf den Nachhauseweg. Als ich an der Bushaltestelle ankam, traf ich plötzlich auf Emma. Sie stand da mit ihrer braunen Tasche und einem schwarzen Haarband, das perfekt zu ihren blonden Haaren passte. Sie wartete offensichtlich auf den Bus. Es war der ideale Moment, um mit ihr zu sprechen.

»Hey, Emma«, begann ich, während ich auf sie zuging.

Sie strich sich eine Haarsträhne hinter das Ohr und sah mich fragend an.

»Oh, hey«, antwortete sie überrascht. »Du gehst auch in die Schülervertretung, oder?«

»Ja, tue ich«, erwiderte ich. »Mein Name ist Sophia. Ich bin seit der siebten Klasse dabei.«

Sie lächelte: »Wie cool. Ich bin schon seit der fünften Klasse dabei. Es ist toll, eine andere Perspektive zu bekommen, vor allem, wenn man nebenbei noch die Schülerzeitung leitet.«

Im Gegensatz zu Florian faszinierte mich Emma. Sie erinnerte mich ein Stück weit an mich selbst, als ich in ihrem Alter war. Große Pläne. Doch im Gegensatz zu ihr hatte ich nie wirklich etwas umgesetzt. Ich war nur ein paar Tage in der Schülerzeitung involviert, aber das Interesse an den

Themen, über die berichtet wurde, hielt sich in Grenzen. Die Schülervertretung war mein Ding. Auch wenn ich hauptsächlich organisierte und plante, machte es mir Spaß, mit anderen zusammenzuarbeiten.

Emma war so engagiert. So ehrgeizig, wie ich es selten gesehen hatte. Sie diskutierte leidenschaftlich, ihre Stimme trug eine tiefe Entschlossenheit. Es gab jedoch einen wesentlichen Unterschied zwischen uns: Emma glaubte an das Gute. Sie glaubte daran, dass sich das System ändern könnte.

Daran hatte ich schon lange nicht mehr geglaubt, und ich beneidete sie für ihre unerschütterliche Hoffnung.

»Was machst du als Leitung der Schülerzeitung?«, fragte ich.

»Unter der Aufsicht unserer betreuenden Lehrerin organisiere ich die Stunden. Ich vertrete die Schüler und nehme ihre Interessen wahr. Sie sagen uns, worüber wir berichten sollen, und wir setzen das dann um.«

»Sehr gut. Mach weiter so«, sagte ich und nickte zustimmend.

Schließlich wurde es still zwischen uns. Es war eine unangenehme Stille, während wir auf den Bus warteten. Ich wusste nicht, wie ich sie dazu bringen konnte, sich mir anzuschließen.

»Was hältst du eigentlich von Herrn Reinsch? Ich habe gehört, wie du dich bei Herrn Berger beschwert hast«, brach ich schließlich das Schweigen.

Emma zog die Augenbrauen hoch, seufzte kurz und sagte dann: »Ich mag Herrn Reinsch nicht.«

»Warum nicht?«

Sie zuckte mit den Achseln. »Ich kann nicht nachvollziehen, was er tut. Natürlich gibt es einige, die die Menstruation als Ausrede benutzen, aber solche Maßnahmen zu verhängen, ist das Letzte, was man tun sollte.«

»Weißt du, Emma, vor einer Woche bat mich Florian, mit der Leitung zu sprechen, weil er krank war. Ich wollte Statistiken über die Unruhestifter an unserer Schule bekommen«, erzählte ich ihr schließlich. »Der Direktor respektierte unsere Anfrage jedoch nicht. Er meinte, die Schulordnung gebe der Leitung das alleinige Recht über die Regeln und dass er keine Statistiken herausgeben würde.«

Emma blinzelte, und ihr Mund öffnete sich vor Überraschung. »Was?«

Ich nickte und fuhr fort: »Ich bin mir sicher, dass da irgendetwas faul ist, und ich werde herausfinden, was.«

Emma holte Block und Stift aus ihrem Rucksack. »Was genau hat der Direktor dir gesagt? Das brauche ich für die Schülerzeitung.«

Ich grinste. »Emma, tu das noch nicht. Ich habe eine bessere Idee.«

23

Meine Freundin Melissa und ich hatten uns vor fünf Jahren in einem Boxverein in Kronwiesenthal kennengelernt.

Ich trainierte regelmäßig – Selbstverteidigung und Kickboxen waren die besten Sportarten, um den alltäglichen Frust abzubauen. Vor zwei Jahren hatten wir jedoch aufgehört ins Boxen zu gehen, und uns stattdessen im Fitnessstudio angemeldet.

Ich trainierte nun zwei bis drei Mal die Woche, manchmal auch mit Melissa zusammen.

Es war viel angenehmer, das anstrengende Training mit einer Freundin zu teilen. Zuerst gingen wir aufs Laufband, um uns aufzuwärmen. Diesmal brauchte ich jedoch Informationen von ihr: Ich erinnerte mich an ihre positiven Bemerkungen über ihre Schulleitung, die mich regelrecht neidisch machten.

Melissa ging auf das Gymnasium Kronwiesenthal, etwa drei Kilometer nördlich von dem Gymnasium am Sonnenfeld. Am Abend zuvor hatte ich über das Personal des Gymnasium Kronwiesenthals recherchiert. Die Leitung dort hieß Kathy Sand.

Auf Fotos war sie immer mit einem freundlichen, aber sehr bestimmten Lächeln zu sehen – ein Ausdruck, der ihre klare, engagierte Persönlichkeit widerspiegelte.

»Komm schon, erzähl mir, was bei dir los ist«, forderte sie mich auf.

Ich erzählte ihr von den Problemen an unserer Schule: Wahlbetrug, politische Intrigen und dem Kampf gegen den Direktor.

»Das ist nicht wahr!«, lachte sie.

»Das musst du mir glauben!«, antwortete ich.

»Unsere Schulleitung ist überhaupt nicht so«, sagte sie schließlich. »Frau Sand ist kooperativ und schätzt ihre Schüler sehr.«

Für mich war das eine Besonderheit.

»Sie setzt sich für Projekte ein, die das Wohl und die Bildung der Schüler fördern.«

»Das weiß ich«, antwortete ich.

»Wie offen wäre eure Schulleitung für eine Kooperation mit anderen Schulen?«, fragte ich.

»Sehr offen. Sie liebt es, neue Perspektiven zu erkunden.«

»Denkst du, sie würde einem Interview mit unserer Schule zustimmen?«

»Ja, natürlich. Ich glaube, sie würde sich sehr freuen.«

24

»Okay, was ist der Plan?«, fragten Emma und Florian gleichzeitig.

In der nächsten Woche schrieb ich Emma. Wenn wir die Leitung stürzen wollten, brauchten wir ihre Hilfe als Redaktion der Schülerzeitung. Der Plan war entwickelt und durchdacht. Sehr durchdacht.

Marlon, Emma, Florian und ich waren miteinander verwickelt, aber ich hatte Angst, dass etwas schieflaufen könnte. Wir mussten verdeckt vorgehen. Wir vier waren noch im Klassenraum der Schülervertretung. Ansonsten bekam niemand mit, was wir gerade besprachen.

»Wir wollen aus unserem Schuldirektor so viele widersprüchliche und falsche Informationen wie möglich herauspressen«, sagte Marlon schließlich. »Als Sophia mit Herrn Reinsch über die Statistiken sprach, die er veröffentlichen sollte, weigerte er sich.«

»Meine beste Freundin Melissa geht auf das Gymnasium Kronwiesenthal. Die Leitung ist dort viel netter und hält sich an die Vorschriften. Ihr ist der Umgang mit den Schülern äußerst wichtig«, betonte ich. »Ich würde euch bitten, die Leitung des Gymnasium Kronwiesenthals im Rahmen eines Projekts der Schülerzeitung um ein Interview zu fragen.«

Florian und Emma nickten. »Machen wir.«

»Florian, es wäre gut, wenn du danach zu den Berufsinformationstagen gehen könntest. Wenn ich sie zweimal konfrontiere, falle ich auf«, sagte ich.

Florian musste mich schließlich tarnen. Außerdem musste ich Einfluss auf seine Politik nehmen.

»Und was mache ich währenddessen?«, fragte Marlon.

»Darüber sprechen wir noch«, erwiderte ich sanft.

Ich gab Emma und Florian die E-Mail-Adresse der anderen Schulleitung, dann gingen sie und übergaben uns den Schlüssel für den Schülervertretungsraum. Ich wollte mit Marlon unter vier Augen sprechen. Florian machte die Tür zu, und wir waren allein.

»Du wirst nichts tun, Marlon.«

Er seufzte und blickte zur Seite. »Ach, warum denn nicht?«

Zuerst dachte ich, dass er dies aus Misstrauen mir gegenüber sagte, doch dann erkannte ich, dass es sein schlechtes Gewissen war, das sprach.

»Herr Reinsch wird Verdacht hegen, wenn wir beide im selben Raum sind. Du musst im Hintergrund bleiben und dich in einen anderen Kurs einschreiben.«

Sein dunkler Blick durchdrang meine Seele, bevor er ihn besänftigte: »Danke, Sophia.«

»Für was?«, fragte ich schließlich.

»Danke für deine Hilfe. Ich hätte nicht gedacht, dass du das für mich tust«, sagte er leise.

Ich lächelte schließlich. »Klar doch.«

25

Es war nun so weit: Melissas Schulleitung gab uns innerhalb der nächsten Woche eine erfreuliche Rückmeldung: Wir durften ein Interview mit ihr führen. Es war unglaublich aufregend.

Florian und Emma bereiteten die Fragen vor und führten das Interview. Im Gegensatz zu Florian wusste Emma ganz genau, wie sie mit der Leitung sprechen musste, um hilfreiche Antworten zu erhalten.

Emma entschloss sich, vor allem Fragen über den Umgang mit Schülern und das Einführen von Regeln zu stellen.

Marlon und ich knirschten bereits vor Ungeduld. Wir waren beide nervös und diskutierten ununterbrochen Ideen aus. Ich bemerkte, dass wir beide uns sehr ähnlich waren. Wir hatten die gleiche Meinung über den Schulleiter: korrupt, manipulativ, autoritär.

Wir mussten ihn außer Gefecht setzen.

Und ich konnte es kaum erwarten, damit anzufangen.

Schließlich beschlossen wir, uns bei Florian zu Hause zu treffen. Sein Zimmer war in ein dunkles Licht getaucht, mit blau leuchtenden LED-Streifen und Vintage-Postern aus den Achtzigern. Der große Gaming-Computer mit der leuchtenden Tastatur und dem Monitor verbreitete eine gewisse Atmosphäre der Konzentration.

Wir vier standen uns gegenüber, als würden wir ein Ritual vollziehen.

Unsere Blicke waren gespannt, voller Ungeduld. Bereit, die Enthüllungen zu hören.

»Was habt ihr über die Schulleitung des Gymnasium Kronwiesenthals herausgefunden?«, fragte Marlon schließlich.

»Wir fragten Melissas Leitung zuerst, wie sie ihre Schüler wahrnimmt. Sie lobte ihre Schüler durchgängig. Die meisten ihrer Schüler seien engagiert—«

Marlon schnitt ihm das Wort ab und lachte spöttisch.

»Natürlich tut sie das. Sie möchte doch nicht, dass die Außenstehenden ein schlechtes Bild bekommen.«

»Aber es stimmt mit Melissas Erzählungen überein«, korrigierte ich ihn. »Fahre fort, Florian.«

»Sie schätzt die Schülervertretung an ihrer Schule sehr und findet den Perspektivenaustausch zwischen Schülern und Leitung sehr interessant. Es gibt ihr einen tieferen Einblick in die bestehende Dynamik.«

Ich nickte und schrieb auf, was Florian sagte. »Was noch?«

»Sie legt Wert auf die Aufklärung der Sportlehrer bezüglich der Menstruationsbeschwerden der Schülerinnen im Sportunterricht. Die Lehrer an der Schule werden für solche Probleme sensibilisiert.«, berichtete er.

»Wie kann ich mir das vorstellen?«, fragte ich nach.

»Auf dem Gymnasium Kronwiesenthal gibt es ein Team von Schulpsychologen und Sozialpädagogen. Sie führen Reflexionsgespräche mit den Sportlehrern über den Unterricht. Ihnen wird auch beigebracht, wie sie angemessen mit den Schülerinnen umgehen sollten. Die Sportlehrer sind also über die Belastung der jungen Mädchen aufgeklärt.«

»Und was ist das Ergebnis?«, fragte ich.

»Das Gymnasium Kronwiesenthal hat einen renommierten Ruf«, sagte

Emma. »Die Schulgemeinschaft ist sehr stark, und ich finde ebenfalls, dass die Leitung dem veralteten System weit vorausdenkt.«

Emma hatte recht. Das Gymnasium Kronwiesenthal war sehr angesehen.

»Na ja, es ist ein enormer Kontrast zu unserem Direktor, der die Regelungen der Schulordnung fälscht«, sagte sie schließlich scharf.

Florian lachte. »Ja, das ist sowas von absurd.«

Ich tauschte einen Blick mit Marlon, meine Augen weiteten sich, und meine Kinnlade fiel herunter.

»WAS?!«, fragten Marlon und ich gleichzeitig.

»Ja. Meine Mutter hatte glücklicherweise eine Kopie von der damaligen Schulordnung, die offiziell seit 2015 nicht mehr geändert wurde«, erwiderte sie.

»Alle bis auf die Fünftklässler haben die Schulordnung aus dem Jahr 2015 unterschrieben. Die meisten haben sie natürlich direkt danach weggeschmissen. Die Bevollmächtigungsregelung wurde gefälscht!«

Genau wie die Schulsprecherwahl gefälscht worden war.

Marlons Hände ballten sich zu Fäusten, bevor er sie gegen den Tisch schlug. Er hatte den meisten Groll.

»Das ist unfassbar. Das ist Urkundenfälschung. Wir können ihn jetzt direkt dafür anzeigen!«

Er, Emma und Florian begannen, ihre Sachen zu packen, während ich sitzenblieb und die Augenbrauen hochzog.

»Eine Anzeige? Damit sich die Lehrkräfte, die insgeheim mit ihm sympathisieren, gegen uns stellen?«, meinte ich.

Florian stand auf. »Es geht hier um unsere Integrität und unsere Gerechtigkeit. Der Schritt ist völlig plausibel.«

»Ja, das ist er. Aber das Rechtssystem ist korrupt. Die lokalen Behörden werden aufgrund seiner hohen Stellung schon einen Grund finden, ihn zu entlassen.«, sagte ich laut.

Es blieb still. Alle hörten mir zu.

»Was wollt ihr? Gerechtigkeit, Macht oder beides? Wenn wir zu den Berufsinformationstagen gehen und Fragen stellen und Druck auf Herrn Reinsch ausüben, dann sind wir viel erfolgreicher.« Ich zeigte mit dem Finger auf Emma. »Du veröffentlichst den Artikel in der Schülerzeitung, und das Ganze wird ein riesiger Skandal.«

Alle nickten in meine Richtung. Das war die Bestätigung, die ich brauchte.

»Der Kommunale Bildungsrat von Kronwiesenthal wird auf die Beschwerden der Eltern Rücksicht nehmen. Sie brauchen einen Protest.«

Marlon schloss sich mir an. »Sie hat recht. So müssen wir das machen.«

Emma und Florian tauschten einen Blick aus, bevor sie schließlich beide nickten.

26

Florian

Ich hatte nie wirklich über Herrn Reinsch oder die vorherigen Schulleitungen nachgedacht, bevor ich mich als Schulsprecher aufstellen ließ. Gott, war ich froh, dass ich gewonnen hatte. Ich war dankbar für die bedeutsame Position, in der ich mich jetzt befand. Es war mir wichtig, das Anliegen der Schüler zu adressieren – in diesem Fall Sophias Anliegen. Doch die diplomatischen Versuche schlugen fehl, weshalb wir nun einen so komplexen Plan entwickeln mussten, um Herrn Reinsch bloßzustellen.

Ich fragte mich, wie man seine Macht so missbrauchen konnte. Ich nutzte meine Position für gute Zwecke. Aber mir war klar, dass er mir faul vorkam, besonders als er Kollektivmaßnahmen erteilte. Nun war er nur noch dabei, sein Image zu polieren.

Ich setzte einen Fuß in den Haupteingang der Schule. Ich hatte mich vor ein paar Tagen für den Besuch bei Herrn Reinsch eingetragen. Zum Glück war ich hier. Gerade bekam ich eine Nachricht.

Ich begab mich zum Raum B112, als ich ein großes Schild entdeckte, auf dem stand: »*Ein Tag im Beruf als Schulleiter.*«

Ich trat ein, und für einen Moment richteten sich die Blicke meiner Mitschüler auf mich. Wahrscheinlich warteten sie ebenso auf Herrn Reinsch. Es war immer ein Wirbel um seine Verpflichtungen als Direktor, sodass er bestimmt etwas länger brauchte.

Schließlich huschte er schnell an mir vorbei, bevor ich meinen Platz in der ersten Reihe einnahm. Er vermied es, mir ins Gesicht zu sehen, doch sein Seitenblick, der nur eine Millisekunde andauerte, verriet das Misstrauen, das er mir gegenüber hegte. Vielleicht hatte er den Drang, mit mir über die Konversation zwischen ihm und Sophia zu sprechen. Stattdessen richtete er seinen Blick auf den gesamten Kurs.

»Guten Tag, ihr Lieben! Es freut mich, euch zu sehen«, begann er mit einer so oberflächlichen Begrüßung, dass es kaum zu ertragen war.

Die Schüler tauschten Blicke aus, und er setzte ein falsches Lächeln auf, das nur aus Höflichkeit entstand.

»Nun, auf den Vorschlag von Herrn Berger wurde ich gebeten, einen Einblick in meinen Alltag bei den Berufsinformationstagen zu geben.«

Er erzählte zunächst davon, wie man überhaupt Direktor wird. Natürlich musste man Lehramt studieren und mehrere Jahre als Lehrer arbeiten, bevor man sich für eine Stelle als Schulleiter bewerben konnte. Da es jedoch häufig solche Anfragen gab, wurde über ein Auswahlverfahren entschieden, wer den Job bekommen würde.

Ich wusste nicht, wer sich dabei gedacht hatte, Herrn Reinsch als kompetente Führungskraft zu sehen.

Er fuhr fort, über die Aufgaben eines Direktors zu sprechen. Er war für die Förderung der Schulentwicklung und des Unterrichts bekannt und unterstützte die Lehrkräfte bei pädagogischen Herausforderungen. Außerdem erstellte er die Dienstpläne und setzte die Lehrer in bestimmten Klassen oder Kursen ein. Auch das Schulbudget lag in seiner Hand.

Zum Schluss erklärte er, dass er für die Einhaltung von Schulgesetzen und Vorschriften verantwortlich sei. Na, da musste ich jetzt wirklich lachen. Eine Bevollmächtigungsklausel in der Schulordnung zu fälschen, klang wirklich sehr legitim.

Nachdem er über seinen Beruf gesprochen hatte, meldete sich ein Schüler.

»Was halten Sie von der Schülervertretung?«, fragte er.

Es war nicht selten, dass es Spannungen zwischen der Schülervertretung und der Schulleitung gab. Ich konnte Herrn Reinsch aber nicht allzu sehr verübeln, dass er von der Schülervertretung wahrscheinlich nicht viel hielt.

»Die Schülervertretung ist eine tolle Instanz. Sie symbolisiert das Teamwork, das die Schüler miteinander haben, um die Gemeinschaft zu fördern. Ich finde Verkaufsaktionen der Schülervertretung sind eine sehr gute Leistung. Ihre Aktionen sind wirklich sehr gelungen«, antwortete er mit einem aufgesetzten Lächeln.

Es war interessant, wie er die Schülervertretung als eine Art Spaß-Instanz für die Schüler darstellte, anstatt sie als eine schulpolitische Institution zu sehen.

Ein anderer Schüler meldete sich und sprach die Verwaltungsproblematik an.

»Warum verwalten die Direktoren eigentlich so unterschiedlich? Gibt es Vorgaben, wie man verwalten darf?«

Herr Reinsch lachte, als würde er die Frage für dumm halten.

»Das ist eine sehr gute Frage. Direktoren verwalten nach ihrem eigenen Ermessen auf Grundlage von Richtlinien. Das bedeutet, dass sie selbst entscheiden können, wie sie die Schule führen, solange sie sich an die Richtlinien des Kommunalen Bildungsrates beziehungsweise des Bundeszentralen Bildungsamtes halten. Beide Einrichtungen kümmern sich um die Bildung an Schulen, akademische Entwicklung und Forschung, aber ebenfalls um regionalgeschichtliche und kulturelle Bildungsinitiativen innerhalb des Landkreises. Sie kooperieren miteinander.«

Dann meldete ich mich.

»Ja, Florian?«

»Warum verwaltet eigentlich jeder Direktor anders?«

»Das hat eben auch mit persönlichen Ansichten und den Umständen der Schule zu tun…«

Ich unterbrach ihn sofort: »Naja, an anderen Schulen gibt es Reflexionsgespräche mit den Sportlehrern, bezüglich des Umgangs mit Schülerinnen. Das fördert die Entwicklung des Unterrichts. Warum können wir das nicht tun?«

»Das liegt an den Umständen unserer Schule. Uns fehlt das Geld«, erwiderte er hastig.

»Aber an anderen Schulen scheint das ja zu funktionieren. Ich glaube, viele Schüler bereuen, an dieser Schule zu sein«, sagte ich und ließ den Blick durch den Raum schweifen.

»Ach ja? Und in welchen Schulen denn?«

»In einigen Gymnasien«, antwortete ich mit einem schiefen Lächeln.

Herr Reinsch schluckte und versuchte, sich zusammenzureißen.

»Nun, ich kann leider nicht alle Schülerinnen zufriedenstellen.«

»Aber Sie versprechen den Leuten jedes Jahr am Tag der offenen Tür genau das«, entgegnete ich, und ein angespannter Moment folgte.

Er ignorierte meine Bemerkung und wandte sich der nächsten Person zu, die sich meldete.

Es war so offensichtlich, wie er versuchte, sich aus der Verantwortung zu stehlen. Was er tat, war einfach nicht zu fassen. Ich fühlte mich nun als Schulsprecher nützlich, denn Herr Reinsch war ein Problem. Ein Problem, das beseitigt werden musste.

27

Sophia

Das war das erste Mal, dass die stets brave und anmutige Emma gegen die Regeln verstieß. Es war ein angemessener Verstoß, denn nicht viele Schüler trauten sich, öffentlich Autoritäten zu hinterfragen.

Die Richtlinien der Schülerzeitung glichen denen der echten Politik: Es sollte über Veranstaltungen, Projekte und Entscheidungen berichtet werden. Die Leitung hatte Vertrauen darin, dass die Redaktion angemessen über alles berichtete. Die Zensur der Presse war einer der Kontrollmechanismen an unseren Schulen, genau wie in autoritären Staaten. Doch die Schüler hielten sich blind daran, und dieses Vertrauen wurde nicht gebrochen.

Nicht bis heute.

Nicht bis Emma nach vorne trat und den skandalösesten Artikel aller Zeiten veröffentlichte. Ein Schlag ins Gesicht. Ein Artikel, der Herrn Reinschs Posten als Schulleiter gefährdete.

-

EIN SKANDAL – URKUNDENFÄLSCHUNG UND WAS HERR REINSCH EUCH VERSCHWEIGT

Die Berufsinformationstage vor zwei Tagen hatten gute Rückmeldungen bekommen.

Wir, die Sonnenfeld News, hatten es uns vorgenommen, zahlreiche

Schüler:innen zu interviewen, um ein möglichst differenziertes Feedback zu erhalten.

Wir strebten danach, die besonderen Aktionen und Veranstaltungen an unserer Schule zum allgemeinen Wohl unserer Schulkultur zu verbessern.

Herr Reinsch hatte sich auf Vorschlag der Schülervertretung dafür gemeldet, seinen eigenen Beruf vorzustellen.

Jedoch gibt es Dinge, die er euch verschweigt.

Um euch möglichst umfassende Perspektiven zu bieten, wurde ein Interview mit der Schulleitung Kathy Sand im Gymnasium Kronwiesenthal durchgeführt. Sie legte großen Wert darauf, die zwischenmenschliche Beziehung und das Vertrauen zwischen der Schülerschaft und der Schulleitung zu stärken. Außerdem gab es Reflexionsgespräche für Sportlehrer, um die Bedürfnisse der Schülerinnen zu adressieren. Ein Interview, das eine neue Perspektive zur Schulpolitik bot, hatte ich demnächst auf meinem Instagram-Channel veröffentlicht.

Dieses aussagekräftige Interview kontrastierte die verschiedenen Maßnahmen (Aufklärung und Ignoranz).

Welche Haltung würdet ihr bevorzugen?

Die strikte Haltung am Gymnasium am Sonnenfeld wurde sowohl von den Schülern als auch von den Eltern stark kritisiert.

Beide empfanden sie als unsensibel. Dies lag daran, dass die Schülerinnen während ihrer Menstruation starke Schmerzen hatten.

Ein Mädchen namens Luna (14) sagte: »Es ist ungerecht, wie die Bedürfnisse der Schülerinnen ignoriert werden!«

Die Schülervertretung hatte ebenfalls ein Gespräch mit Herrn Reinsch geführt, der Einblick in seine Perspektive gab. Einen Vorschlag vonseiten der Schülervertretung, dass er die Statistiken der Anzahl der Schüler mit solchem Fehlverhalten offenlegt (in Zahlen oder in Prozent), lehnte er ab.

Zur Kritik äußerte er, dass die Eltern eine Bevollmächtigungsregelung in der Schulordnung unterschrieben hätten, die besagte, dass die Leitung über jegliche Maßnahmen bestimmen dürfe. Diese sei seit 2015 nicht mehr geändert worden.

Da ich glücklicherweise noch eine Kopie der Schulordnung hatte, die ich damals unterschrieben hatte, ging ich der Sache auf den Grund: Die Regelung existierte nicht. Es gab keine Regelung, die das besagte.

(Foto von der Schulordnung)

Warum tat Herr Reinsch das? Jedenfalls warfen diese Praktiken große Fragen auf.

-

Die Veröffentlichung erfolgte über Instagram. Ein kollektives, dramatisches Aufatmen. Ein Schockzustand. Ein Aufschrei.

Das waren die ersten Reaktionen nach der Veröffentlichung. Ich spürte es. Der Unmut wuchs in der Schulkultur, und alle sprachen darüber.

Kaum zwei Tage später konnte Herr Reinsch vorübergehend nicht zur Arbeit erscheinen, und die stellvertretende Leitung erledigte seine Aufgaben.

Emma, Florian, Marlon und ich wussten schon, dass es mehr war als eine Abwesenheit aus privaten Gründen: Die Praktiken der Schule untergruben das Vertrauen der Eltern in diese. Ich war mir sicher, dass ein paar Eltern eine Anzeige erstattet oder sich beim Kommunalen Bildungsrat von Kronwiesenthal gemeldet hatten.

Wir wussten, dass der Kommunale Bildungsrat eines Tages Kontakt mit ihm aufnehmen würde. Es war nur eine Frage der Zeit.

Ich war mir sicher, dass die Lage im Lehrerzimmer nun sehr

angespannt war. Natürlich reichte man sich aber vor den Schülern die Hände und dementierte die Vorwürfe. Andere nannten wiederum andere Gründe für seine vorzeitige Abwesenheit. Wir wussten nicht, in welchem Zeitraum er abwesend war.

Jedoch war eine Kündigung auf unserer Schule praktisch sicher.

28

»Wir haben es geschafft!«, rief Emma erfreut. Es stand fest, dass Herr Reinsch höchstwahrscheinlich entlassen worden war.

Auch wenn das bei einer Verbeamtung relativ schwierig war, würde er von den Schülern und Eltern verachtet werden. Der Vertrauensbruch war viel zu groß.

Der Widerstand der Eltern und Schüler war zu stark.

Emma öffnete eine Packung Chips und nahm sich einen, während sie uns alle spielerisch anschaute.

»Ja, Herr Reinsch soll das bekommen, was ihm zusteht«, sagte Florian. »Es ist unglaublich, dass man seine Position auf diese Weise ausnutzt. Wir haben so ein Unglück, auf diese Schule zu gehen.«

Marlon lachte: »Aber hey, wir haben den Direktor besiegt.«

Meine Mundwinkel verzogen sich nach unten: »Florian, wirst du diese Sache nochmal bei der Schülervertretung besprechen?«

»Natürlich!«, sagte er. »Es ist total wichtig, darüber zu reden.«

29

»So, ihr Lieben«, Florian klatschte in die Hände, bevor er sich munter an seine Mitschüler wandte. Er war viel selbstsicherer geworden. Diese Klarheit in seiner Stimme, sein strahlendes, selbstbewusstes, aber zugleich enthusiastisches Auftreten, waren nicht zu übersehen.

»Gibt es irgendwelche Anliegen von eurer Seite aus?«, fragte er.

Ein Junge namens Carl meldete sich: »Wir sollten über den Vorfall mit Herrn Reinsch sprechen.«

Die anderen nickten zustimmend.

»Das ist eine hervorragende Idee!«, erwiderte Florian.

Für einen Moment wandte er seinen Blick an Herrn Berger, der ihn mit starrer Miene anblickte. Langsam konnte ich die Lehrer in unserer Schule immer weniger ausstehen. Und auch ihm gegenüber, dem sonst so gutmütigen, moralischen, tugendhaften Ethiklehrer, wuchs mein Misstrauen. Es war paradox.

»Das war ein Vorfall, der die Schule erschüttert hat. Höchstwahrscheinlich wird er gekündigt oder auf eine andere Schule versetzt«, sagte Florian, »Jedoch wirft der Vorfall Fragen auf bezüglich der Transparenz zwischen Schülern und Leitung.«

»Dann sollten wir endlich Transparenzmaßnahmen einfordern«, erwiderte Erik, ein weiterer Teilnehmer.

Florian schüttelte den Kopf:

»Das wird nichts bringen. Die Leitung hat die Macht und kann dies einfach ablehnen. So machen die Leute das, die etwas zu verbergen ha—«

»Wir sollten darüber reden, wenn die nächste offizielle Schulleitung kommt. Jeder betreibt Verwaltung auf eine andere Art«, sagte Marlon schließlich.

»Stop, stop, stop!«, rief Herr Berger schließlich. »Ich kann eure Wut verstehen. Doch das liegt jetzt in der Vergangenheit.«

Ich schüttelte aufgebracht den Kopf.

»Nein, das Thema ist ganz aktuell«, zischte ich.

Er blickte mich scharf an, seine Augen weit aufgerissen, mit dieser bedrohlichen Miene.

»Sophia!«, ermahnte er mich.

Ich verschränkte die Arme.

»Es ist harte Arbeit, die der Direktor geleistet hat. Er muss so viel verwalten. So viel organisieren. Wenn jemand krank ist, hat er noch mehr zu tun. Sich um so viele Schüler zu kümmern, ist kein einfacher Job«, erklärte er. »Ihr solltet das Thema hinter euch lassen. Jeder Mensch macht Fehler.«

Emma stand auf und klopfte auf den Tisch.

»Diesen Fehler nennt man Urkundenfälschung! Er muss Verantwortung für sein Handeln tragen!«

»Du wirst es eines Tages verstehen, wenn du erwachsen wirst. Deine Reife hat man bei deinem Artikel gesehen«, sagte er ironisch.

Ach, die Karte spielte er jetzt? So ein Idiot.

Herr Berger war mental nicht mehr in bester Verfassung. Wie konnte jemand, der sich auf die Seite von Herrn Reinsch stellte, die Schülervertretung leiten?

Nach all dem stellte ich mir eine Frage: Wussten die Lehrer von der Urkundenfälschung? Wussten sie davon und hatten nichts gesagt? Wussten sie davon, aber schwiegen, um ihren Vorgesetzten zu schützen? Natürlich gab es Lehrer, bei denen ich mir das vorstellen konnte.

Denn nicht alle Lehrer waren gut.

Aber ich fragte mich, was Herr Berger darüber dachte. Er leitete die Schülervertretung. Er war engagiert. Er mochte seine Schüler. Schwieg er aus Angst? Wollte er die Leitung trotz ihrer korrupten Taten schützen?

In der Schülervertretung, in der es wichtig war, über solche Vorfälle zu sprechen, hatte seitdem niemand mehr darüber gesprochen. Es war ein Tabuthema. Aber irgendwie war Herrn Bergers Einstellung zu erwarten.

Eine Krähe hackt der anderen kein Auge aus.

30

Was am darauffolgenden Tag passierte, war einfach unglaublich.

Wir freuten uns, aber es war zu früh.

Wir triumphierten, dabei hatte sich eine endgültige Entscheidung nur um eine Woche in die Länge gezogen.

Und das Schlimme: Wir wurden nicht einmal benachrichtigt.

Wir wurden für einige Minuten aus dem Unterricht entlassen und sollten uns in der Turnhalle versammeln.

Und da sahen wir ihn alle wieder: Herrn Reinsch.

Da stand er.

Er lächelte in die Menge. Ein falsches Lächeln? Ein überspieltes?

Nein, es war ein triumphierendes Lächeln, weil er es selbst kaum glauben konnte: Nach all dem Drama, all den Widerständen war er immer noch in unserer Schule.

Er war in unserer Schule. Der Direktor war zurück.

Und das Erste, das er tat, war zu lächeln.

Es war unglaublich. Die Arbeit, die wir geleistet hatten, war umsonst.

Marlon blickte hilflos zu mir. Seine ohnmächtigen Atemzüge beschleunigten sich, während ich mein Gesicht in den Händen vergrub.

»Hallo, liebe Schüler«, sagte er schließlich, »Ich konnte leider aus privaten Gründen für eine Woche nicht arbeiten.«

»Nein, Sie—«

Marlon stand von seinem Platz auf und wollte schon protestieren. Ich fasste seinen Arm, woraufhin er mich scharf anblickte und sich wieder hinsetzte.

»Na ja, jetzt bin ich wieder hier. Ich habe Ihnen vor einiger Zeit meine Enttäuschung über Ihr Verhalten schon ausgedrückt«, sagte er. »Ich musste jedoch im Verlauf der Zeit feststellen, dass ich falsch lag. Ich entschuldige mich für meine voreingenommene Haltung. Von daher sind Sie von den vorherigen Lasten befreit.«

Die Menge klatschte, während Marlon stirnrunzelnd nach vorne blickte. Das alles war fast schon dystopisch.

Irgendetwas musste passiert sein. Man kam nicht einfach so auf die Idee, einen Leiter mit schlechtem Ruf für eine Schule zu engagieren.

31

Auf dem Schulflur begrüßten wir uns schnell, flüchtig und kühl. Manchmal gar nicht.

»Sophia, kann ich für einen Moment mit dir reden?«, fragte Marlon ernst. Seine Augen leuchteten, er wollte sehnlichst mit mir sprechen.

Ich hätte Marlons Unmut kommen sehen müssen. Diesen hätte ich irgendwie kaschieren sollen.

Ich hatte Marlon das Amt als Schulsprecher versprochen. Doch ich wollte es nicht. Ich wollte nicht, dass sein Gesicht mit diesem Sunnyboy-Grinsen auf den Wahlplakaten abgebildet war. Der Platz stand mir zu. Es war mir egal, wie sehr er diese Notwendigkeit – fast schon Verzweiflung – in seinen Augen ausdrückte. Ich wollte nicht mit ihm reden. In letzter Zeit ging ich ihm aus dem Weg, weil ich nicht wollte, dass er mich darauf ansprach – darauf, wann die Wahlfälschung offengelegt werden würde.

»Oh, tut mir leid. Gerade ist ein sehr schlechter Zeitpunkt. Ich muss ein Wichtelgeschenk für meine Partnerin holen«, log ich.

Ja, es war komisch zwischen uns. Ich mied ihn. Auf dem Gehweg wechselte ich die Seite des Bürgersteigs, sobald ich ihn sah.

Ich wollte nicht, dass er mich ansprach. Er sollte mich in Ruhe lassen. Und nachdem ich ihm geantwortet hatte, lief ich mit schnellen Schritten einfach davon.

Ich sah keinen Sinn darin, die Wahlfälschung offenzulegen. Es wäre leichtsinnig und würde nur noch mehr Unruhe stiften.

Die Schule musste sich erholen, bevor sie bereit für den nächsten Skandal war.

Außerdem sah ich Florian mit diesen strahlenden Augen. Er hatte das Gefühl, etwas erreichen zu können, und er trug viel dazu bei. Seine Mobber scherten sich nicht mehr um ihn, und er kam Emma, seiner großen Liebe, etwas näher.

Sie hingen oft gemeinsam auf dem Schulflur ab. Manchmal beobachtete ich sie, wie sie an mir vorbeigingen, und dachte weiter über sie nach.

Ich hätte nie erwartet, dass sich die Schüler – Emma eingeschlossen – für Florian interessieren würden, obwohl ich ihm damals versprochen hatte, dass er erfolgreich sein würde.

Und tatsächlich: Er war erfolgreich und schien sich immer mehr und besser anpassen zu können. Sein Selbstbewusstsein schien auf dem Gedanken zu beruhen, dass die Menschen Vertrauen in ihn hatten.

Doch was würde passieren, wenn er erfahren würde, dass die Wahl gefälscht war?

Ich konnte ihm sein Selbstbewusstsein nicht nehmen – zumindest nicht bis zum Ende des Schuljahres. Wenn die Offenlegung erst dann geschehen würde, könnten wir unseren Posten für das nächste Schuljahr sichern.

Die Entscheidung darüber lag schließlich bei Herrn Berger und hoffentlich einer neuen Schulleitung.

32

Der Platz, an dem Florian zusammengeschlagen worden war, war ein Spielplatz. Ein unschuldiger Spielplatz mit roter Rutsche und zwei Schaukeln, die an einem hölzernen Gerüst hingen.

Die Kinder der Gegend gingen zum Spielplatz, um zu spielen. Fangen. Verstecken. Rutschen. Schaukeln.

Die Teenager sahen den Spielplatz als einen Rückzugsort.

Und manchmal – nur manchmal – begab man sich zum Spielplatz, um sich über Neues auszutauschen.

Wichtige Dinge.

Ich brauchte meine Ruhe und lief an diesem vorbei, bevor ich schließlich Tina und ihren Bruder sah. Ich versteckte mich hinter einem Busch.

Beide standen sich gegenüber. Herr Reinsch wirkte aufgebracht, angespannt und gereizt, während Tina eine skeptische und misstrauische Haltung einnahm.

»Kathy Sand hat mich soeben angerufen«, berichtete er aufgebracht.

»Wer ist Kathy Sand?«, fragte Tina.

Tinas Augen waren voller Skepsis. Ich sah Angst in ihren Augen, wenn sie mit ihrem Bruder sprach. Etwas, was ich zuvor nie in ihr gesehen hatte. Sie war so ein selbstbewusstes und fast schon zickiges Mädchen. Und nun stand sie da, der Kopf leicht zur Seite geneigt.

»Kathy Sand ist die Schuldirektorin des Gymnasium Kronwiesenthals. Sie hat von alledem mitbekommen. Florian und Emma, die Redaktion der Schülerzeitung, hätten diese interviewt.«

Tina seufzte: »Du hättest das schlauer anstellen sollen, Theo. Was erwartest du, wenn du die Bevollmächtigungsklausel der Schulordnung fälschst? Dass es niemand merkt? Wa- warum tust du das überhaupt? Nicht einmal ich wusste davon.«

Das war mein Stichwort.

Ich schaltete die Sprachmemo ein, doch die beiden waren zu weit entfernt. Mit behutsamen Schritten näherte ich mich dem Baum, der nur zwei Meter vor mir stand.

»Hier wird alles nach meinem Ermessen verwaltet. Du wirst es verstehen, wenn du erwachsen wirst!«, erwiderte er starr.

»Ich werde es verstehen, wenn ich erwachsen werde?«, wiederholte sie skeptisch, während sie ihre Arme verschränkte.

»Wenn du in meiner Position bist, dann hast du es mit einem Haufen nerviger Schüler zu tun. Für mich sind sie nichts weiter als eine Formalität.«

»Du bist so verstrickt in deine Bürokratie, Theo«, stellte Tina fest. »Was, wenn ich nicht deine Schwester wäre? Manchmal wünschte ich, unsere Eltern wären noch am Leben.«

Tinas Eltern waren tot?

Herr Reinsch machte den Mund für einen Moment auf und erstarrte, bevor er schließlich das Thema wechselte.

»Du bist meine Schwester, Tina. Ich liebe dich sehr und du kannst wirklich froh sein, mich als deinen Bruder zu haben. Ich habe hart um den Posten als Schulleiter gekämpft, weil ich mich auch während deiner Schulzeit um dich kümmern möchte. Vor allem nach dem Autounfall unserer Eltern vor zwei Jahren. Als dein Vormund ist es meine Aufgabe, mich um dich zu kümmern.«

Das war ein Autounfall?

Er war ihr Vormund?

Tina hielt inne.

»Diejenigen, die mich zuvor mit diesen komischen Fragen bombardiert haben, waren Florian, der Schulsprecher und ein anderes Mädchen namens Sophia. Ich habe in den Akten nachgeforscht. Sophia müsste in deinem Jahrgang sein.«

Tinas Bruder schaute sie eindringlich an, doch sie gab keine Rückmeldung.

»Kennst du diese Sophia?«

Tina keuchte auf: »Nein.«

»Nein?«, wiederholte er skeptisch.

»Ja. Ja, doch ich kenne sie«, antwortete sie schließlich.

»Ach ja, woher denn?«

»Wir sind zusammen im Ethikkurs bei Herrn Berger. Vorher kannten wir uns nicht.«

Herr Reinsch kicherte höhnisch: »Wow. Wie ist Sophia denn so?«

Tina zuckte mit den Achseln, und ihr Tonfall fiel etwas höher: »Sie ist immer allein. Total belesen, dieses arme Ding.«

»Gibt es noch etwas, was du mir zu sagen hast? Irgendwas Merkwürdiges, was du vielleicht in den Berufsinformationstagen gesehen hast?«

Tina nickte: »Ich bin überzeugt davon, dass Marlon der Kopf der ganzen Sache ist. Ich habe ihn mit Emma, Florian und Sophia gesehen. Er weiß am meisten von all dem.«

Herr Reinsch zog die Augenbrauen hoch. Sein Tonfall wurde höher: »Ach ja? So ist das also. Das macht viel Sinn, vor allem wenn man berücksichtigt, dass wir die Wahl gefälscht haben.«

Plötzlich blickte Tina in meine Richtung. Ich zog meinen Körper zusammen und spannte ihn an.

Bleib hinter dem Stamm.

Tina sagte nichts.

»Ja. Es wäre natürlich problematisch, wenn Marlon der Schulsprecher wäre. Er hätte viel gegen uns in der Hand.«

Herr Reinsch lächelte erneut: »Oh, Tina. Was hast du nur getan, damit er mit dir Schluss machen wollte? Das war eine schöne Zeit, in der ihr euch noch geliebt habt.«

Tina biss auf ihre Lippe. Ihr Gesicht senkte sie nach unten.

Herr Reinsch sagte: »Na ja, es war schon großzügig von seinem Vater, das Bundeszentrale Bildungsamt mit Spenden zu beschatten, damit ich auf deine Schule versetzt werde. Damit ich dafür sorge, dass es dir immer gut geht. Sein Vater war ein guter Mensch. Wir haben uns hervorragend verstanden.«

Ich sah diesen schimmernden Ausdruck in ihren Augen. Nur für einen Moment.

»Wow, so bist du also auf unsere Schule gekommen«, erwiderte Tina überrascht, »Wie viel Geld war das denn?«

»Insgesamt überreichte mir sein Vater zwei Millionen.«

ZWEI MILLIONEN?!

»Ich trat in Kontakt mit dem Bundeszentralen Bildungsamt und überreichte ihnen eine Million. Diese sollte unter anderem unserem Bildungsrat einen Teil der Summe überreichen. Du weißt, dass die Schulen

Geld brauchen und der Staat sie nicht ausreichend finanziert.«

»Und was passierte mit der anderen Million?«

»Ich behielt sie zur Sicherheit. Als Notreserve. Falls mein Posten als Schulleiter auf irgendeine Art gefährdet werden sollte, würde ich erneut spenden. Was glaubst du, warum der Kommunale Bildungsrat mich nicht versetzt hat und warum ich davongekommen bin?«

Ach du meine Güte!

»Marlon wandte sich, nachdem er mit dir Schluss gemacht hatte, wahrscheinlich gegen diese Spenden. Er durfte mir als Schulsprecher nicht zu nahe treten.«

»Das ist verständlich«, sagte Tina schließlich, »Theo, gibt es etwas, das ich für dich tun kann? Ich kann mit Marlon sprechen.«

»Nein, du wirst gar nichts tun. Wenn der Zeitpunkt da ist, werde ich schon dafür sorgen, dass Marlon mit dem Aufzug nach unten fährt.«

33

Ich konnte es nicht fassen. Marlons Vater hatte die Leitung mit Spenden korrumpiert. Das war, was Marlon mir vorenthalten hatte.

Herr Reinsch musste Angst gehabt haben, dass dieser Skandal ans Licht kommen würde – besonders jetzt, da die Reventlow-Familie mit der Reinsch-Familie zerstritten war. Und Marlon hatte es mir verschwiegen, obwohl ich ihm geholfen hatte.

Obwohl ich mich für ihn eingesetzt und eine vertrauenswürdige Rolle gespielt hatte.Vielleicht war es aus seiner Sicht klug gewesen, mich außen vorzulassen, aber ich hätte niemals gedacht, dass er so tief in diese Machenschaften verwickelt war. Nun hatte ich jedoch ein Druckmittel gegen ihn – ein Ass im Ärmel, mit dem ich spielen konnte, bis er nachgab.

Doch so sehr mich dieser Gedanke befriedigte, es gab etwas, das mir noch wichtiger war: Herrn Reinsch ein für alle Mal loszuwerden.Er konnte vielleicht dieses eine Mal zurückkommen, aber ein weiteres Mal würde es ihm nicht gelingen, wenn die Korruption aufgedeckt würde.

Irgendwann war der Druck zu groß, und das würde auch ihn in die Knie zwingen. Doch ein Problem blieb: Reinsch und Tina kamen mir langsam auf die Schliche.Ich konnte das nicht allein bewältigen. Die Tonaufnahmen, die ich in der Hand hatte, waren mächtig – aber ich brauchte jemanden, dem ich vertrauen konnte, um sie zu verwenden.

Es gab nur eine Person, die mir dafür geeignet erschien: Emma. Sie hatte die Fähigkeit und den Willen, diese Beweise ans Licht zu bringen Während der Pause traf ich mich mit ihr. Sie stand am Rand des Schulhofs, ein Buch in der Hand, wie immer in sich gekehrt.

»Ich brauche deine Hilfe«, begann ich ohne Umschweife.

»Klar, ich helfe gerne. Worum geht's?«, fragte sie neugierig, mit einem leichten Stirnrunzeln.

Zögernd erklärte ich ihr die Situation. Von der Wahlfälschung, der Spendenkorruption bis hin zu allem, was ich über Herrn Reinsch und Marlons Vater wusste. Ich beobachtete ihre Reaktion – das leichte Zucken ihrer Augenbrauen, die Art, wie ihr Griff um das Buch fester wurde.

»Die Beweise gegen Herrn Reinsch, die wir bereits offengelegt haben – du hast sie noch, oder?«, fragte ich schließlich.

»Klar, ich habe sie«, antwortete sie.

»Gut. Es sind neue dazugekommen.«

Ich legte alles offen und sah, wie Emma die Tragweite dessen, was ich ihr anvertraute, verstand. Schließlich hob ich eindringlich den Finger.

»Du darfst auf keinen Fall Florian oder Marlon davon erzählen«, warnte ich sie. »Emma, ich zähle auf dich.«

Emmas Kinnlade fiel nach unten. Sie starrte mich an, offensichtlich geschockt von dem, was ich ihr erzählt hatte.

»Sophia –, vielen Dank für dein Vertrauen. Ich –Ich werde das sofort offenlegen!«, begann sie, doch ich fiel ihr ins Wort.

»Nein, nicht sofort«, erwiderte ich mit Nachdruck. »Die Schüler müssen sich erst vom letzten Skandal erholen. Es muss zum perfekten Zeitpunkt geschehen.«

Emma nickte langsam. »Du hast recht. Und Florian... er ist so glücklich gerade. Das möchte ich ihm nicht wegnehmen.«

»Das ist mir egal«, sagte ich kühl.

Emma sah mich überrascht an, schwieg aber. Ich wusste, dass sie es verstehen würde. Jetzt musste nur noch alles nach meinem Plan laufen.

Teil II

34

Florian

»Langsam wird es langweilig mit dir!«, maulte Kevin. »Seit der siebten Klasse hast du dich nicht verändert.«

Jedes Wort fühlte sich an wie ein Messer, das mir immer wieder ins Herz gerammt wurde. Man sagte, man gewöhnt sich dran, aber es traf mich immer wieder aufs Neue.

Man sagte: Was einen nicht tötet, macht einen stärker. Aber meine Lebensfreude erlosch förmlich.

»Weißt du, worüber wir heute gesprochen haben?«

Ich schüttelte den Kopf.

»Wir haben über die Schulsprecherwahl gesprochen.«, schmollte sein Freund Matteo schließlich. »Wusstest du überhaupt, dass man jetzt kandidieren kann?«

Erneut schüttelte ich den Kopf.

»Wie solltest du es denn auch wissen?«, meinte Tarik. »Du lebst doch hinter dem Mond.«

Schließlich legte er mir den Zettel der Schulsprecherwahl vor.

Du möchtest die zählende Stimme der Schule sein?

Dann bist du als Schulsprecher genau richtig!

Bewerbungszeitraum: 01.05.24 - 10.05.24

Ich blickte den Zettel mit großen Augen an, bevor ich ihn an Kevin und seine Freunde richtete.

»Ich werde für euch stimmen, falls einer von euch kandidiert. Ihr habt meine Stimme, okay?«

Matteo drehte sich zu Kevin: »Hast du gehört, was er gesagt hat?«

Alle drei fingen an zu kichern. Ich kam mir langsam blöd vor, aber ich musste tun, was sie von mir verlangten.

»Nein, Florian«, korrigierte Kevin mich, als wäre ich ein kleines Kind.

»Du wirst dich als Schulsprecher aufstellen, nicht wir.«

Ich runzelte die Stirn: »Ihr wollt mich?«

Alle drei tauschten Blicke aus, bevor sie mich grinsend anblickten.

»Wir wetten, dass du die Wahl verlierst«, meinte er schließlich. Tarik stimmte ihm zu: »So ein reicher Spinner hat sich aufstellen lassen. Er hat wahrscheinlich viel Geld hineininvestiert. Wie heißt er nochmal?« »Marlon von Regensburg, glaube ich«, meinte Matteo.

»Einen Adelstitel hat er auch noch.«

»Ihr wollt wetten?«, fragte ich schließlich.

»Komm schon, das wird lustig!«, ermutigte er mich. »Ich kann es schon kaum erwarten, wie du vor der Bühne stehst und dich blamierst.«, kommentierte Tarik.

»Ich wette, dass ich gewinnen werde«, meinte ich schließlich entschlossen. »Und wenn das passiert, lasst ihr mich in Ruhe. Ein für alle Mal.«

Kevin schmunzelte und verschränkte seine Arme. Er schien amüsiert von meiner Selbstsicherheit zu sein.

»Na gut. Wenn du die Wahl gewinnst, dann lassen wir dich in Frieden«, sagte er schließlich. »Aber wenn du verlierst, wirst du uns nicht

mehr los!«

35

»Florian, ich möchte dich etwas fragen.«

Samira war wunderschön. Dunkelbraune, lockige Haare und ein breites Lächeln. Diese Augen, die vor Vorfreude strahlten.

Sie war mit mir in einer Parallelklasse und vor einem halben Jahr schenkte sie mir wenig Beachtung. Es war nicht so, dass sie mich nicht mochte, sondern dass wir nicht viel miteinander zu tun hatten.

»Was gibt es denn, Samira?«, fragte ich.

Sie wurde leicht nervös und blickte kurz zu ihren drei Freundinnen etwas weiter abseits, die sich Dinge zuflüsterten und uns beide beobachteten. Ich fühlte großes Unbehagen, als sie mich ansprach. Zuerst dachte ich, dass dies ein dummer Streich war, denn es war dieselbe Art, wie die Klasse über mich flüsterte, als ich noch gemobbt wurde. Ich biss mir auf die Lippe und durchdrang sie mit einem finsteren Blick. Schließlich wandte sie ihren Blick zu mir.

Sie schien den Wandel in meinem Ausdruck zu merken und sagte:

»Ignoriere sie. Sie unterstützen mich, weil ich dir eine Frage stellen möchte, die ich dir schon lange stellen wollte.«

»Und die wäre?«

»Möchtest du mit mir ausgehen?«

Ich lachte schließlich gelassen, während sie ihre Augen weiter aufriss. Sie brauchte eine klare Antwort.

Sie wartete schon darauf.

»Es tut mir leid, Samira. Ich habe kein Interesse.«

Samira war äußerlich wunderschön und irgendwann würde sie sich schon den Richtigen krallen. Aber derjenige werde nicht ich sein. Das galt für jedes andere Mädchen, das mich plötzlich toll fand. Im September letzten Jahres – Anfang des neuen Schuljahres – wurde ich gemobbt, gedemütigt und verprügelt. Ich hatte es niemandem erzählt, nicht einmal meiner Mutter. Ich wollte die anderen nicht mit meinen Problemen belasten. Außerdem würde mein Umfeld mir sagen, dass es meine Schuld wäre. Dass ich mich anpassen musste. Dass ich anders war. Ja, ich war anders. Ich war ein Fan von Mathematik und Astronomie. Ich liebte es, neue Dinge in der Schule zu lernen, anstatt auf Partys zu gehen. Aber ich musste mich nicht anpassen.

Die anderen müssten ihr Verhalten kontrollieren. Viele Lehrer bekamen nicht beigebracht, wie sie am besten damit umgehen sollten, wenn ihre Schüler gemobbt werden. Einen Klassenwechsel genehmigte man selten. Damit wäre das ursprüngliche Problem nicht gelöst und der Fall könnte sich wiederholen.

Die Schule wechselte ich nicht, weil ich die Anforderungen nicht kannte und nicht verdächtig wirken wollte, wenn ich meine Mutter fragte. Ich hatte ebenfalls Angst, dass sich dann alles zum Alten wenden würde. Ich war in einer ausweglosen Situation, aber das Umfeld war mir bekannt. Ich kannte die Menschen um mich und ich hatte die Hoffnung, dass sich alles irgendwie entwickeln würde. Das tat es auch. Nun hatten wir April und das Blatt hatte sich gewendet. Ich war Schulsprecher, weil die Menschen mich toll fanden. Nun war ich begehrter.

Ich hörte die Mädels schon flüstern, wie heiß sie mich fanden. Wie sie mit mir ausgehen wollten. Es war bestätigend. Dieses Gefühl des Beliebtseins. Na ja, es war nicht die Art von Beliebtsein, bei der man mit vielen Freunden auf Partys geht.

Es war eine Art von einflussreichem Status, den man erreichen wollte. Als wäre ich ein Star. Gefragt, aber doch ein Einzelgänger. Meine Mobber von damals ließen mich in Ruhe. Sie hatten ihre eigene Gruppe. Aber ich – ich war vielleicht ganz oben, aber genauso schnell konnte ich wieder fallen. Die Angst davor war permanent da. Diese Angst, die Kontrolle über mein Umfeld zu verlieren.

36

»Wir sollten einen Blick darauf werfen, was wir von September bis April erreicht haben«, ermutigte ich die Mitschüler der Schülervertretung.

Ich erinnerte mich noch daran, wie es war, als ich zum ersten Mal vor einer Menge stand. Ich war nervös, hatte ständig das Gefühl, beobachtet zu werden. Jeden Moment könnten die Leute über mich lachen. Doch das taten sie nicht. Sie waren zwar nicht besonders verständnisvoll mit meiner Verpeiltheit, aber sie blieben geduldig und standhaft.

Nun stand ich hier.

Selbstbewusst. Kontrolliert. Aufrecht.

Ich blickte in die Runde und sah engagierte Menschen, die sich auf mich verließen. Sie vertrauten mir, und das bedeutete mir sehr viel.

Ein Teilnehmer namens Tom meldete sich: »Die Berufsinformationstage mit dem Skandal waren ein riesiger Erfolg.«

Ich lachte: »Ja, das waren sie.«

»Die Rosenaktionen am Valentinstag haben uns so viel Geld in die Schülervertretungskasse eingebracht«, rief Mia.

»Ja, sehr gut!«, erwiderte ich munter. »Ich habe noch etwas hinzuzufügen.«

Schließlich ging ich auf Emma zu. Sie saß auf der blauen Couch und starrte mich verträumt an. Sie überschlug ihre Beine und lehnte sich zurück, während sie mir zulächelte.

»Emma hat einen großen Beitrag für die Darstellung unseres Establishments geleistet. Sie war großartig!«

Emma hob kurz ihre Hand, bevor sie meinte:

»Florian ist auch ein sehr guter Schulsprecher. Er hat so viel Tolles in diesem Schuljahr erreicht. Findet ihr nicht?«

Sie blickte mich mit großen Augen an, bevor die anderen zu klatschen begannen.

Ich hatte noch nie so viel Lob erhalten.

Emma war in meiner Parallelklasse, genau wie Samira.

Wir hatten uns immer gut verstanden und arbeiteten oft in Gruppenarbeiten zusammen. Aber wir waren nie wirklich enge Freunde. Ich hatte das Gefühl, dass sie öfter mit mir abhängen wollte, aber ich wies sie ab, weil ich Angst hatte, dass meine Mobber die Beziehung zerstören könnten.

Das hatte sich inzwischen geändert. Wir waren häufiger zusammen auf dem Pausenhof unterwegs und unterhielten uns über Gott und die Welt. Emma erinnerte mich in gewisser Weise an Sophia. Sie könnten gut miteinander befreundet sein. Beide waren sehr ambitioniert.

Emma war schlau. Ich hörte ihr gerne zu, wenn sie im Unterricht über verschiedene Themen diskutierte.

Es gab nur zwei Personen, die fehlten: Sophia und Marlon. Ich fühlte mich schlecht, weil ich ihnen nicht genug Dankbarkeit entgegenbrachte.

Vor allem Sophia. Ohne sie wäre ich nicht da, wo ich heute wäre.

Doch seit den Berufsinformationstagen im Februar war sie nicht mehr zu den Treffen der Schülervertretung gekommen. Wir hatten überhaupt keinen Kontakt mehr. Sie grüßte mich nicht einmal, wenn sie an mir vorbeiging.

Es war fast so, als ob sie mich benutzt hätte. Als ob sie mich benutzen würde, um Einfluss auf meine politischen Entscheidungen zu nehmen. Es machte Sinn, denn sie hatte den Vorschlag gemacht. Doch ich wollte nicht glauben, dass Sophia so zynisch war, denn sie hatte mir wirklich zum Erfolg verholfen, und ihr Handeln war auch in meinem Interesse. Der Direktor hatte die Kündigung verdient. Dennoch war etwas an Sophias Verhalten faul – ich konnte nicht genau sagen, was es war.

»Danke«, sagte ich schließlich, bevor ich die Stunde beendete.

Es war großartig.

Schließlich ging Emma auf mich zu. Sie sah wunderschön aus – hübsch und süß. Sie kam immer näher, während die anderen den Raum verließen.

»Findest du wirklich, dass meine Beiträge so gut sind?«, fragte sie schließlich verunsichert.

»Natürlich, Emma«, antwortete ich, »Du bist so engagiert. Du kannst so gute Berichte schreiben, und das weißt du auch.«

Ihr Blick senkte sich verlegen zu Boden: »Ja, das stimmt. Es ist mir einfach wichtig, was andere von mir denken.«

Ich bemerkte, wie sich eine Träne ihren Weg aus ihren Augen bahnte, bevor sie sie schnell wegwischte.

»Warum weinst du denn, hm?«, fragte ich sanft.

Ich hasste es, sie weinen zu sehen. Emma war so ein zartes Mädchen. So zart wie Blütenblätter. Wenn sie eine Jahreszeit wäre, dann wäre es der Frühling. Ich würde alles tun, damit die Blume in ihr nicht verwelkte.

»Der Artikel über die Berufsinformationstage war nicht gut genug.«

Ich schüttelte den Kopf und lobte sie: »Nein, du hast den besten

Artikel aller Zeiten geschrieben.«

»Das ist nicht wahr!«, schluchzte sie. »Der Inhalt war gut und skandalös, aber der Artikel war nicht gut geschrieben. Du hast doch selbst gehört, was Herr Berger gesa—«

Ich unterbrach sie: »Was Herr Berger gesagt hat, spielt keine Rolle! Es ist nicht wahr. Er schützt einen kriminellen Direktor, und das allein ist schon genug, um ihn zu verurteilen.«

Ich wollte sie umarmen. Sie küssen. Ihr sagen, wie viel sie mir bedeutete. Dass ich für sie ins Feuer springen würde. Aber ich hatte Angst. Angst vor dem, was sie mir sagen würde.

Die vielen liebevollen Komplimente, die ich ihr hätte geben können, würden einen Teil von ihr heilen. Mit Sicherheit. Aber ich konnte es nicht sagen, denn wir waren noch nicht so intim miteinander. Ich hatte alles – Status, Beliebtheit und gute Noten. Aber kein Mädchen konnte Emma das Wasser reichen. Ich musste heute den ersten Schritt wagen.

»Hör mir zu, Emma«, sagte ich schließlich und blickte ihr tief in die Augen. »Was die anderen über dich denken oder sagen, spielt keine Rolle. Du bist toll, so wie du bist.«

»Danke!«, sagte sie schließlich.

Es war der perfekte Zeitpunkt, sie zu fragen. Ich spürte, dass sie es auch fühlte. Diese Wärme zwischen uns. Diese gegenseitige Wertschätzung. Diese Geborgenheit. Diese Sicherheit, vor mir sie selbst sein zu dürfen.

»Emma, ich wollte dich noch etwas fragen«, sagte ich.

Sie blickte mich mit weit aufgerissenen Augen an, gespannt, was ich sagen würde.

»Ich, na ja«, begann ich, »Ich möchte dich fragen, ob du mit mir ausgehen möchtest.«

Emma lachte schließlich lange und herzlich. Ich wusste nicht, was dieses Lachen bedeutete, und blickte sie irritiert an.

Sie räusperte sich und erwiderte: »Hey, du bist wirklich nett, aber ehrlich gesagt möchte ich mich auf die Schule konzentrieren.«

Es war komisch. Es war einfach komisch, wie sie das sagte. Mit diesem falsch aufgesetzten Lächeln und dem Streicheln ihres Unterarms.

Ich passte mich ihrer Haltung an und sagte schließlich: »Okay, gut. Dann weiß ich Bescheid.«

37

Zwei Wochen später

»Sophia, kann ich mit dir reden?«, fragte ich.

Ich traf Sophia auf dem Schulflur und hatte ein Anliegen: Ich wollte mit ihr über all das sprechen, was mich dieses Jahr verwirrte. Aber ein Rat aufgrund Emma war mir wichtiger. Sie musterte mich von oben bis unten.

Ihr Körper war in die Richtung gerichtet, in die sie gehen wollte, nur ihr Kopf zeigte in meine Richtung.

Ich hatte das Gefühl, dass sie nicht interessiert war. Sie mich möglicherweise sogar meiden wollte.

Sie seufzte: »Ja, Florian, aber ich habe es eilig.«

Sie setzte ihren Weg fort, während ich neben ihr ging.

»Ich habe mich in Emma verliebt, und ich weiß nicht, wie ich sie dazu bekomme, mit mir zusammen zu sein.«

Sophia lachte schließlich und blieb kurz stehen:

»Hast du es ihr gesagt?«

»Ich habe sie gefragt, ob sie mit mir ausgehen möchte.«

»Und was hat sie geantwortet?«

»Sie sagte, dass sie mich nett findet, aber sich auf die Schule konzentrieren möchte.«

Sophia grinste. Ihr Blick wanderte zu Boden.

»Ich weiß nicht«, erwiderte Sophia grimmig.

Sie zuckte mit den Achseln: »Es tut mir leid, Florian. Ich weiß nicht, welche Tipps da hilfreich wären.«

Schließlich ging sie schnell weiter.

Ihr Verhalten war so merkwürdig. Es war fast, als wäre sie genervt von mir. Dabei hatte ich sie das erste Mal seit fünf Monaten angesprochen. Wir hatten uns so lange nicht gesehen. Ich hatte sie auch nie mit Marlon gesehen. Es war fast, als hätte sie mich benutzt. Sie hatte mich benutzt und dann fallen gelassen.

Aber das konnte ich ihr nicht unterstellen. Ich glaubte, dass sie mir wirklich bei vielem geholfen hatte. Sie hatte sich Zeit genommen, mich von den Fesseln meiner Mobber zu befreien und mir zum Aufstieg zum hoch angesehenen Schulsprecher verholfen.

Sie tat so viel für mich, obwohl sie selbst für das Abitur lernen musste. Ich sollte ihr mehr Dankbarkeit entgegenbringen.

Plötzlich ging Marlon an mir vorbei. Er streifte meine Schulter, seine Augen auf Sophia fixiert. Es sah aus, als würde er sie verfolgen.

Ich sah es an seinem Gesichtsausdruck. Diese gereizte Miene. Diese Kälte. Irgendetwas war da los. Marlon schien so fixiert auf Sophia zu sein, dass er mich nicht einmal bemerkte. Ich verfolgte sie beide und es führte mich an den schrecklichsten Ort aller Zeiten – den Spielplatz.

Ich versteckte mich hinter einem Busch.

Marlon ging wütend auf Sophia zu, die ihm mit verschränkten Armen entgegenstand.

»Das hier ist wohl dein neuer Rückzugsort, hm?«, zischte er.

»Lass mich in Ruhe!«, befahl sie ihm.

Sie wollte einen Schritt nach rechts, in Richtung des Supermarktes machen, aber Marlon hielt sie zurück und ergriff ihren Unterarm.

»Geh mir bloß nicht noch einmal aus dem Weg.«

»Was willst du von mir?«, fauchte sie.

»Das wüsstest du schon, wenn du mir nicht jedes Mal einfach aus dem Weg gegangen wärst. Ich möchte seit fünf Monaten mit dir sprechen«, sagte er schließlich. »Du hast es mir versprochen, Sophia!«

»Was habe ich dir denn versprochen?«, fragte sie misstrauisch.

»Du hast mir doch das Amt des Schulsprechers versprochen.«

Sie biss sich auf die Lippe und blickte Marlon mit großen Augen an.

»Du hast recht«, flüsterte sie schließlich.

Sie trat einen Schritt auf ihn zu und sagte in einem unschuldigen Ton:

»Ich habe daran gedacht. Ich wusste nur nicht, wie.«

»Was meinst du verdammt nochmal damit?«, fragte Marlon nachdrücklich.

»Wir müssen die Wahlfälschung am Ende des Schuljahres öffentlich machen.«

Wahlfälschung?

»Warum am Ende? Ich möchte, dass es jetzt rauskommt! Du hast die Beweise!«

»Schau dir Florian an«, sagte Sophia schließlich. »Er ist so glücklich. Er ist so erfolgreich. Jeder, vor allem er selbst, denkt, dass ihm das Amt zusteht. Aber die Wahl wurde gefälscht. Ich kann ihm das doch nicht einfach wegnehmen.«

Nein.

»Du musst zugeben, dass es pragmatisch von mir war, auf seine Schulpolitik Einfluss zu nehmen, um die Leitung zu schlagen.«

Oh. Gott.

»Wenn wir die Offenlegung der Wahlfälschung bis zur Neuwahl des

Schulsprecheramts verzögern, kommt ein neuer Skandal ans Licht. Eine Entschädigung für dich wäre bei deinem Einfluss besonders groß und du wirst Schulsprecher«, sagte sie.

»Hör auf, mir falsche Versprechungen zu machen!«, befahl er.

»Das ist kein falsches Versprechen«, entgegnete Sophia. »Mit dem Skandal können wir Herrn Reinsch endgültig beseitigen. Falls du trotzdem nicht als Schulsprecher genehmigt wirst, kann dein Vater dir ja die Genehmigung bei der neuen Leitung bezahlen.«

»Das ist absurd.«

»Warum ist das absurd? Das hat dein Vater auch bei Herrn Reinsch getan.«

Marlon erstarrte, als sie das sagte.

»Woher—«

Sie starrte ihn mit einem Grinsen an: »Ich komme immer hinter deine Absichten«, sagte sie. »Wenn die Umstände jetzt nicht so wären, würdest du deine Privilegien ausnutzen. Jetzt hör auf, so moralisch zu tun.«

Er ballte seine Fäuste, während Sophia grinste: »Du weißt, dass ich recht habe.«

»Das war's. Ich möchte nichts mehr mit dir oder deinem scheiß Plan zu tun haben. Ich steige aus!«

38

Ich konnte es nicht fassen. Was ich da gerade gehört hatte, schien einfach nicht wahr zu sein. Die nächsten Wochen verbrachte ich damit, immer wieder darüber nachzudenken, was gerade an unserer Schule passiert war. Es war ein Gedanke, der wie ein Schlag in meinen Kopf drang. Der Gedanke, dass Sophia mich ausgenutzt hatte. Es fühlte sich an, als würde mir jemand ein scharfes Messer in den Rücken stoßen. Ich spürte, wie mein ganzer Körper zitterte, als ich vom Gespräch mitbekam. Ich war wie gelähmt hinter dem Busch gestanden und konnte nichts tun. Ich konnte nicht einmal sagen, wie sehr ich mich verraten fühlte. Kevin hatte recht. Mein eigener Mobber hatte recht: Mein Erfolg war ein Betrug. Wieder überkam mich diese Welle der Unsicherheit. Das Mobbing. Die Prügel. Die fiesen Streiche. Ich war Schulsprecher, ja. Ich war beliebt, ja.

Aber das war nur eine Fassade. Eine Fassade, die ich mir selbst aufgebaut hatte, um mein wahres Ich zu verbergen. Das Ich, das hilflos durch den Flur lief. Das Ich, das meiner Mutter ständig die Wahrheit über die Grasflecken auf meiner Kleidung verschwieg. Das Ich, das sich immer wieder ohnmächtig und ausgeliefert fühlte. Ich hatte die Wahl gewonnen. Aber ich hatte sie nicht gewonnen, weil die Schüler mich mochten. Gott, ich war alles andere als gut. Ich stotterte bei meiner Rede. Marlon hatte eine brillante Ansprache gehalten. Die Menschen hatten für Marlon gestimmt. Und ich war so naiv zu glauben, dass ich wirklich aufrichtig gewonnen hatte. Aber warum hatte Herr Reinsch das getan? Warum wollte er, dass ich gewann?

39

»Guten Tag, Herr Reinsch.«

Ich begrüßte ihn ernst, ohne Umschweife. Meine dunklen Augen bohrten sich in seine, während er mir mit Interesse entgegenkam. Vor einem halben Jahr hätte er mich noch eingeschüchtert, aber nach den hinterhältigen Spielchen, die er getrieben hatte, gab es für mich keinen Grund mehr, Höflichkeit vorzutäuschen. Herr Reinsch war jemand, der von oben herab auf uns blickte. Ein kontrollsüchtiger Mann, der Urkunden fälschte und aus irgendeinem Grund die Wahl des Schulsprechers manipulierte. Ich musste ihn darauf ansprechen. Er sollte wissen, dass ich es wusste.

»Guten Tag, Florian. Was haben die Schüler heute für ein Anliegen?«, fragte er.

Er setzte sich mir gegenüber. Seine Augen weiteten sich, und er schenkte mir ein Lächeln. Diese sonst so eiserne, kühle Persönlichkeit, die mir früher immer eine gewisse Angst gemacht hatte, schenkte mir nun ein Lächeln. Dennoch blieb ich standhaft. Von seiner Fassade ließ ich mich nicht blenden. Um überzeugend zu wirken, musste ich der Leitung vorgaukeln, dass die Schulgemeinschaft diese Frage stellte.

»Ich möchte mit Ihnen über dieses Schuljahr sprechen. Vor allem über das, was während der Berufsinformationstage im Winter passiert ist«, sagte ich.

Herr Reinsch zog überrascht die Augenbrauen hoch.

»Dann fang an«, forderte er mich neugierig auf.

»Der Skandal mit der Bevollmächtigungsklausel hat das Vertrauen in diese Schule stark erschüttert. Es gibt Menschen, die sich fragen, warum der Schulrat Sie immer noch im Amt hält«, fauchte ich.

»Ganz ruhig, Florian. Ganz ruhig. Dafür habe ich eine Erklärung«, entgegnete er.

»Es sieht nicht so aus, als ob Sie gerne mit Schülern arbeiten.«

»Ich liebe es, mit Schülern zusammenzuarbeiten. Am Anfang war ich Sport- und Englischlehrer. Ich hatte viel mit Schülern zu tun«, erklärte er. »Aber wenn man in der Verwaltung arbeitet, kommt man mit sehr vielen Formalitäten und Papierkram in Kontakt. Und schließlich gibt es auch Schüler, die unsere Arbeit belasten.«

»Also sind wir eine Belastung für Sie?«, fragte ich, während ich meine Arme verschränkte und meine Stirn in Missbilligung runzelte.

Herr Reinsch ließ meine Frage unbeantwortet und sagte nur: »Ich tue das alles, um eine gewisse Ordnung und Struktur aufrechtzuerhalten.«

»Das ist völliger Unsinn!«, schüttelte ich den Kopf.

»Das tut jeder in einer Führungsposition. Deine Freundin Sophia hat mich damals als Mentor bezeichnet.«

Er lachte spöttisch, während ich nachdenklich zu Boden blickte.

»Sie ist nicht meine Freundin«, entgegnete ich kleinlaut.

»Es ist rechtlich falsch, aber nur so können wir das gute Ansehen der Schule bewahren und dafür sorgen, dass alles gerecht abläuft. Du würdest das doch auch manchmal gerne tun, oder Florian?«

»Worauf wollen Sie hinaus?«, fragte ich misstrauisch.

Herr Reinsch atmete tief ein und wich meiner Frage zunächst aus.

»Du kennst sicher Kevin Taler. Er geht in deine Klasse.«

Sprechen Sie seinen Namen bloß nicht aus.

»Natürlich kenne ich ihn«, antwortete ich.

»Wie steht ihr zueinander?«, fragte er.

Wie ich zu ihm stand? Er hatte mich jahrelang schikaniert.

Ich verachtete ihn zutiefst.

Mein Körper spannte sich bei dem Gedanken an ihn an.

»Ich weiß nicht, was das mit Ihnen zu tun hat.«

Herr Reinsch zog die Augenbrauen hoch: »Na gut. Ich wollte dich nur informieren, aber wenn du das nicht möchtest, ist das auch okay.«

»Informieren? Worüber?«

»Kevin war immer etwas verhaltensauffällig. Na ja, nun hat er eine Freundin. Er scheint sich großartig zu entwickeln.«

Warum sagte er mir das?

»Er? Eine Freundin?«, fragte ich irritiert.

Herr Reinsch nickte.

»Wer ist sie?«

»Nun, das geht mich eigentlich nichts an. Ich sollte dir das nicht erzählen.«

»Wer ist sie?«, wiederholte ich und drängte ihn.

»Sie haben es schon angedeutet. Nun sagen Sie es mir bitte.«

Ich wusste nicht, was Herr Reinsch mit dieser Information bezweckte, aber seine Bemerkung verwirrte mich. Hatte er wirklich so viel Interesse an den privaten Angelegenheiten der Schüler?

Herr Reinsch seufzte schließlich.

»Du hast recht. Es ist Emma Finke, die Redaktion der Schülerzeitung.«

Nein.

Das konnte nicht sein.

Emma, brav, unschuldig, liebevoll. Mit einem Macho wie Kevin. Einem Draufgänger. Einem Mobber.

»Das kann nicht sein«, sagte ich. »Ich glaube Ihnen das nicht.«

»Es tut mir leid, Florian.«

Ich schüttelte den Kopf und verließ empört den Raum.

40

»So, ihr Lieben. Heute steht sehr viel auf dem Plan«, verkündete ich ernst. Meine Stimme blieb tief.

Ich betrat den Raum der Schülervertretung und ich dachte an jedes einzelne Mal, das wir gegen den Direktor vorgingen. Jedes Mal, nachdem die reguläre Schülervertretungsstunde vorüber war, taten wir uns zusammen. Wir vier waren das Team, das gegen Herrn Reinsch vorgehen würde.

Und langsam hinterfragte ich meine Entscheidung, mich auf diese Verschwörung eingelassen zu haben. Die Neugier überkam mich und ich fragte mich, was Herr Reinsch mir damals erzählen wollte.

»Was steht diesmal an?«

Ich wollte antworten, als Emma hineinkam. Sie lief mit diesem breiten Lächeln hinein. So frei und selbstsicher, wie ich sie noch nie gesehen hatte. Sie streckte ihre Hand nach hinten aus und jemand anderes kam hinein.

Ich schluckte hart und konnte nicht anders, als meinen Blick auf die beiden zu fixieren. Hinter ihr hielt Kevin Emmas Hand. Sie führte ihn voller Aufregung in den Raum, während er sich alles anschaute. Er hatte ein olivgrünes T-Shirt und eine breite Jeans an.

Und er trug eine Brille.

Er hatte diese braungebrannte Haut mit den dunkelbraun gelockten Haaren. Sein Gesicht ist etwas runder mit markanten Wangenknochen. Man merkte den signifikanten Größenunterschied: Emma mit ihren 1,60 Metern und Kevin, der zwei Köpfe größer war als sie. Ich glaube, auf starke Jungs schien sie zu stehen, denn seine Arme waren muskulös und seine Hände waren ebenfalls sehr groß. Er hatte diese heraustretenden Venen am Handgelenk.

Kevin verkörperte diesen verführerischen Charme eines bösen Machokerls, der ein gutes Mädchen in seinen Bann ziehen möchte. So, wie man es immer in Filmen sah. Er sah aus wie achtzehn, nicht wie fünfzehn.

Und das wichtigste Detail: Er hatte mich in der Schule gemobbt.

Ich hatte nicht vor, Emma zu sagen, dass er mir so viel antat.

Angefangen damit, dass er in der Siebten ein Papierschild auf meinem Rücken klebte, auf dem stand: »Tritt mich!«

Oder dass er zu einem Jungen namens Niko meinte, dass ich ihn hässlich und dürr nannte und dieser mich danach zusammenschlug.

All das Leid musste ich zwei Jahre ertragen und ich dachte, dass ich nie wieder darauskam. Jedes Mal, wenn ich von meinen Mitschülern und Lehrern gelobt wurde, bildete ich mir ein, dass meine Taten nur eine Fassade von mir selbst waren. Von mir, dem Mobbingopfer, der Person, die niemals dazugehören würde.

Der Person, die anders war.

Der Person, die die Schuld für das trägt, was ihr angetan wurde.

Es war einfacher, mir die Schuld zu geben als drei anderen Personen. Mit meiner Anpassung wäre die Sache abgehakt. Ich spürte jedes Mal dieses Gefühl der Enttäuschung von mir selbst aufsteigen, wenn die Menschen den Blick auf mich richteten und grinsten, als ob sie gerade über mich geredet hatten.

Und er hatte das gestartet. Er hatte damit angefangen. Ich hatte Emma verdient. Emma hatte mich verdient. Es sollte niemand zwischen uns geraten. Vor allem nicht er. Die Eifersucht pochte in mir, als ich die beiden zusammen sah. Er bekam alles und nahm mir gleichzeitig alles weg.

»In Absprache mit Herrn Reinsch wurde die diesjährige Anfrage für eine Abschlussfeier genehmigt«, erwiderte ich starr. »Es ist ein Abschlussball für die Schüler von der neunten bis zur dreizehnten Klasse.«

Kevin setzte sich auf die Couch und lehnte sich zurück. Er trug diese lächerliche Sonnenbrille und richtete sein Gesicht in meine Richtung. Er streckte seine Beine aus und Emma setzte sich auf ihn.

Was tut die da? Sie soll runter von seinem Schoß.

»Woher kommen denn die ganzen Gelder, hm?«, fragte Kevin provokant, Emma kicherte.

Ich hoffe, sie hat es ihm nicht erzählt.

»Das Geld wurde vom Kommunalen Bildungsrat Kronwiesenthals zur Verfügung gestellt.«

Emma verschränkte die Arme: »Vom Kommunalen Bildungsamt? Na, dass ich nicht lache!«

Ich biss mir auf die Lippe, als sie schließlich sein Knie berührte und streichelte.

»Emma, geh runter von seinem Schoß. Das ist unangebracht!«, befahl ich ihr.

»Hm … warum denn?«, fragte sie. »Herr Berger ist doch gar nicht hier. Wir sind nur unter uns Schülern.«

»Es ist trotzdem nicht angemessen.«

»Da ist ja wohl jemand eifersüchtig«, stellte Kevin spielerisch fest.

Emma wandte ihren Blick zu ihm und blickte ihn gierig an, während er mit seinen Händen durch ihre Haare fuhr. Schließlich näherte er sich ihrem

Gesicht und küsste sie.

Es war ihnen egal, dass andere dabei zusahen. Diese wilde, abenteuerlustige Sehnsucht war ihr Ding. Ich sollte derjenige sein, der auf Kevins Platz sitzt und Emma auf diese leidenschaftliche Art küssen würde, nicht er!

»Geh runter von seinem Schoß, Emma!«, zischte ich. Mein eiskalter Blick durchbohrte ihre Sanftheit. Sie biss sich schließlich auf die Lippe und blickte beschämt nach unten.

»Tut mir leid. Ich gehe ja schon.«

Sie setzte sich auf einen anderen Platz, während ich über die Vorbereitungen sprach.

Herr Reinsch schrieb mir nach dem Gespräch, dass er das Vertrauen in unsere Schulgemeinschaft wiederaufbauen möchte. Er meinte, dass es das Beste wäre, von dem Skandal abzulenken. Er möchte als Vertrauensperson der Schule fungieren und die Interessen der Schüler vertreten. Deswegen kam dieser umfassende Abschlussball zustande. Die Abi-Jahrgänge haben einen eigenen Abschlussball, den sie mit dem Abi-Komitee vorbereitet haben.

Es war eine tolle Wiedergutmachung.

Nachdem wir ein Team bereitgestellt hatten, das sich um die Planung des Abschlussballs kümmerte, verließen alle bis auf Emma und Kevin den Raum und ich nahm mir Emma vor.

»Bitte komm mal für einen Moment zu mir«, sagte ich.

Sie wechselte einen Blick mit Kevin, der ihr was ins Ohr flüsterte, bevor sie ihm sagte: »Nein, ich kann auch alleine mit ihm reden.«

Schließlich verließen Kevin und die anderen Schüler den Raum und wir beide waren allein. Ich war wütend auf sie. Ich war so unfassbar wütend auf sie, dass ich das nicht einmal beschreiben konnte.

Sie starrte mich an. Der Blick voller Lust, voller Verlangen nach Kevins Zunge und ohne Schamgefühl, wandelte sich zu diesem unschuldigen Welpenblick.

»Vor vier Wochen sagtest du mir noch, dass du dich auf die Schule konzentrieren musst, und jetzt bist du mit Kevin zusammen«, sagte ich bitter.

»Florian, ich wusste nicht, wie ich es dir sagen soll—«

Ich schnitt ihr das Wort ab: »Seit wann läuft das zwischen euch?«

»Florian, du bist mir wichtig—«,

»Seit. Wann. Läuft. Das?», wiederholte ich scharf.

»Seit drei Wochen«, gab sie schließlich kleinlaut zu.

Sie wandte ihren Blick nach unten. Das sollte sie, denn ich war verdammt wütend. So wütend, dass ich ihn umbringen wollte, damit sie die ganze Zeit bei mir wäre.

»Es ist mein Leben. Du hast nichts zu bestimmen.«

»Er ist kein guter Einfluss für dich, Emma. Ich kenne ihn. Er geht in meine Klasse.«

»Meine Entscheidungen gehen dich nichts an«, wehrte sie sich, »Wenn du ein Problem mit ihm hattest, dann ist das etwas zwischen euch beiden. Aber lass mich da gefälligst raus.«

Ich mochte Emma nicht, wenn sie diese verzogene Miene aufsetzte. Ich mochte Emma nicht, wenn sie mit einem kurzen pinken Tennisrock herumlief, um ihren neuen Freund zu verführen, der mich früher gemobbt hat.

»Emma, du bist blind vor Liebe«, sagte ich enttäuscht. »Er ist nicht gut für dich.«

»Du hast ja keine Ahnung«, sagte sie, bevor sie schließlich ging.

41

Ich stürmte in das Büro von Herrn Reinsch. Ich hatte das Gefühl, dass unsere Konversation noch nicht beendet war und er bereit war, mir zuzuhören. Er hatte in der Vergangenheit Fehler gemacht, aber war offen für ein Gespräch. Allein die Idee mit dem Abschlussball verdeutlichte seine aufrichtige Reue.

»Ich verabscheue Kevin«, gestand ich ihm.

Er atmete auf und runzelte die Stirn, während er mir mit einem überraschten Blick entgegenkam.

»Was ist denn zwischen euch passiert?«

Ich zuckte mit den Achseln.

»Du kannst es mir sagen.«

Ich wollte nicht direkt darauf eingehen.

»Ich weiß, dass es Menschen gibt, die Sie bevorzugen. Menschen, die Ihnen Geld geben, um persönliche Vorteile zu bekommen.«

»So ganz richtig ist das nicht«, erwiderte er. »Ich weiß, dass viele das kritisieren, aber ich werde dir etwas erklären. Bitte höre mir dabei gut zu.«

Ich nickte, bevor er begann zu erklären.

»Das Schulsystem basiert auf dem Prinzip der Gleichberechtigung.«

»Genau so sollte es sein.«

Herr Reinsch lachte und nickte dabei: »Das denkt jeder. Aber sie verwechseln Gleichberechtigung mit Gerechtigkeit.«

»Ist das nicht dasselbe?«, fragte ich.

»Nein, Florian, ist es nicht. Gleichberechtigung bedeutet, dass jede einzelne Person im System gleichgestellt ist. Jeder muss dieselben schulischen Anforderungen erfüllen. Wenn man das Ganze pessimistischer sehen möchte, heißt es, dass jeder Schüler dieselbe Last tragen muss.«

Seine Erklärung war interessant und ich stieß ein anerkennendes »Aha« aus.

»Jedoch seid ihr Schüler Individuen mit unterschiedlichen Stärken und Schwächen, und einige können diese Last besser tragen als andere.«

»Bitte nennen Sie mir ein Beispiel«, sagte ich neugierig.

»Na gut. Du bist ein ganz normaler Mensch, wie jeder andere. Und genau wie jeder andere musst du Lernkontrollen schreiben. Doch du wirst anders behandelt. Du wirst in der Schule gemobbt. Das kann deine Leistung negativ beeinflussen. Es ist unfair, dass das nicht berücksichtigt wird.«

»Woher wissen Sie das?«, fragte ich mit tiefer Tonlage. »Sie wissen mit Sicherheit auch, dass Kevin das meiste Übel angerichtet hat.«

»Ich habe es gesehen und es tut mir leid.«

»Sie haben nichts dagegen getan.«

»Ja, ich weiß und das tut mir sehr leid«, bedauerte er.

»Da kommt eben das Prinzip der Gleichberechtigung ins Spiel. Das Schulsystem stellt die Regeln so auf, dass man trotz der Ungerechtigkeit allem gegenüber fair bleiben muss. Das bedeutet, dass man nach konstruktiven Lösungswegen suchen muss. Doch das klappt nicht wirklich, und ich kritisiere das sehr. Wenn es nach mir ginge, hätte ich die Schüler verwiesen. Das wäre gerecht. Aber das darf ich nicht.«

Herr Reinsch wollte mir helfen. Er wollte mir wirklich helfen. Oh Gott, wie schlecht ich mich gerade fühlte. Dieser Moment der Realisation implodierte mein Gehirn. Ich keuchte auf.

»Deswegen haben Sie die Wahlen gefälscht. Deswegen haben Sie –«

»Genau. Du warst der bessere Kandidat, Florian. Ich wollte mich für die Gerechtigkeit einsetzen, und das solltest du auch tun.«

Ich nickte. »Ja, natürlich.«

»Meine Auslegung von Gerechtigkeit ist, dass du entschädigt wirst für das, was dir zugestoßen ist. Das, was dir passiert ist, ist unverzeihlich. Und es ist eine Schande, wie das System wegsieht.«

Noch nie in meinem Leben hatte ich mich so verstanden gefühlt. Ich liebte es. Ich liebte es, und mit jedem Wort, das er aussprach, fühlte ich mich mehr bestätigt.

»Das sehe ich genauso.«

Für einen Moment war es still.

Herr Reinsch fuhr fort: »Ja, das verdienst du auch. Du sollst die Unterstützung erhalten, die dir vorenthalten wurde, weil du sie verdient hast. Genau wie die anderen Menschen, denen es genauso geht. Ich verspreche dir, dass du mitbestimmen darfst. Du wirst vieles bekommen, das deinen Schulalltag erleichtert. Das möchtest du doch, oder?«

»Ja, das möchte ich«, erwiderte ich entschlossen. »Ich habe es nie ausgedrückt, aber das steht mir zu.«

»Gewiss«, erwiderte er. »Wenn wir dies tun, dann bist du in einer sehr guten Position.«

Gute Position.

Als er dies sagte, kamen mir schon die ersten Zweifel. Meine Amtszeit endete bald. Es war schließlich Mai, aber es machte mir dennoch so viel Spaß, Schulsprecher zu sein. Doch er sprach dieses Problem an, als könnte er meine Gedanken lesen.

»Wir müssen berücksichtigen, dass deine Amtszeit bald endet. Du möchtest natürlich einen guten Ruf haben und gute Arbeit geleistet haben.«

»Ja, genau«, erwiderte ich.

»Sehr gut«, entgegnete er.

»Nun sag mir zunächst: Wer steckte hinter dem Plan? War es Marlon?«

»Es war Sophia.«

Herr Reinsch blickte mich amüsiert an. »Sophia also?«

Ich nickte.

»Diese Aktion ist ein gravierender Eingriff in die Gerechtigkeit«, meinte er. »Die Wahlfälschung war darauf ausgelegt, benachteiligten Menschen zu helfen und nicht privilegierte Schüler zu fördern, wie es Sophia tut.«

»Und Emma wird völlig für Sophias Pläne benutzt. Sie merkt es nicht einmal.«

Er blickte schließlich für einen Moment auf seine Papiere, bevor er sagte: »Florian, es liegt an uns beiden, etwas dagegen zu tun. Wir müssen jetzt eingreifen. Wir werden in Kontakt bleiben.«

»Was ist mit Emma?«, fragte ich. »Ich möchte nicht, dass Kevin mit ihr zusammenbleibt.«

»Um die kümmern wir uns ebenfalls.«

42

Herr Reinsch wurde missverstanden. Er wurde völlig missverstanden. Ich war ihm dankbar für alles, was ich bisher erreicht hatte. Ich hatte ihm meinen Erfolg zu verdanken. Die Erkenntnis war ein Lichtstrahl im Dunkeln. Die Kommunikation mit Herrn Reinsch war der Schlüssel zum Erfolg.

Es war die Art, wie unterprivilegierte Menschen gehört wurden. Und niemand hatte es bemerkt. Jeder kritisierte es. Ich war ebenfalls einer der Menschen, die ihn kritisiert hatten.

Ein schlechtes Gewissen überkam mich. Er war so nett, so verständnisvoll. Ich dachte viel darüber nach und bemerkte, wie hinterhältig die Aktion von Sophia und Marlon war. Sophia war die Strippenzieherin des Plans, und Marlon nur der reiche Musterschüler, der seine einflussreiche Position aufrechterhalten wollte. Ich sprach weiter mit dem Direktor und gewann an Klarheit. An Selbstbestimmung. Er versprach mir so viel. Er begegnete mir auf Augenhöhe.

Ich dachte viel über unser Schulsystem nach und bemerkte, wie Sophia und Marlon sich verhalten hatten. Sie hatten mich wie eine Marionette behandelt und schließlich fallen gelassen. Sophia hatte sich nie für meine Probleme interessiert und ich war wütend auf sie. Herr Reinsch hingegen bot mir Lösungsvorschläge an, die ich nicht ablehnen konnte. Ich wusste, dass ich mich nun für Herrn Reinschs Großzügigkeit revanchieren musste.

Der Raum war der Schauplatz für die Schulden, die ich begleichen musste. Ich sah die Schüler an und wusste, dass sich unsere Meinungen ab diesem Zeitpunkt spalten würden. Da war nur noch eine Person, an die ich dachte. Eine Person, deren Unabhängigkeit Stück für Stück weggenommen wurde. Es war Emma. Sie brauchte ebenfalls die Erkenntnis, denn auch sie wurde nur von Sophia benutzt. Doch sie hatte immer noch diese inszenierten Beweise gegen Herrn Reinsch. Genau wie Sophia sie hatte. Nachdem ich mit Herrn Reinsch gesprochen hatte, wurde mir eines klar: Wir mussten die inszenierten Beweise gegen ihn vernichten. Marlons Innenwelt wäre gefüllt von Gleichgültigkeit, da auch er nur von Sophia benutzt worden war. Damit sie zur Schulsprecherin gekürt wurde.

43

»Florian, was machst du denn hier? Du bist nicht im Schülerzeitungsteam«, fragte Emma verwundert.

Was ich hier mache?

Ich glaube, dass ich mich nicht klar ausgedrückt hatte, als ich das letzte Mal mit dir sprach, Emma. Ich glaube, dass ich zu sanft zu dir gewesen war, als du mit deinem provokanten Outfit auf dem Schoß deines Freundes saßest und ihn mit diesen lustvollen Augen anblicktest, Emma.

Ich glaube, dass du es verdient hattest, zu spüren, wie wütend ich auf dich war, Emma. Es war eine platonische Liebe, aber ich möchte, dass es eine romantische wird.

Du sahst mich als deinen guten Freund, aber ich sah dich als eine Partnerin. Vielleicht war ich sauer auf dich, aber das würde sich wieder legen. Ich könnte dich wieder lieben, wenn du mir gehorchen würdest.

Ich setzte mich hin. Es war die siebte Stunde, die Emma mit ihren Mitschülern im Schülerzeitungsteam verbrachten, und ich konnte mich nicht beherrschen. In solchen Momenten musste man das auch nicht.

Aber es war nicht angebracht, meine Wut so direkt auszudrücken, also versuchte ich, diese zu kompensieren, indem meine Finger auf die Tischplatte klackerten.

»Ich möchte dir nur zusehen, wie du deine Aufgaben erledigst«, sagte ich, »Ich mag dich sehr.«

Es war mir egal, dass andere Leute in dem Raum waren und ihre Blicke kollektiv auf mich richteten, während die ersten Personen schon anfingen zu flüstern, wie heiß sie mich fanden. Wie toll sie es fanden, dass ich hier war. Mein Ego steigerte sich.

»Das ist sehr nett, aber – aber ich bitte dich jetzt, den Raum zu verlassen«, sagte sie sanft und leicht nervös.

»Tut mir leid, natürlich, Emma.«

Sie hatte mich nur gebeten, den Raum zu verlassen. Sie hatte mir nicht untersagt, draußen vor der Tür auf sie zu warten.

Sie war die letzte Person, die den Raum verließ, und als sie die Tür öffnete und mich sah, schreckte sie auf.

»Grundgütiger, Florian!«, sagte sie, während sie ihre Hand auf ihre Brust hielte. »Ständig verfolgst du mich!«

Sie wollte gehen, als ich ihr Handgelenk festhielt.

»Bitte gehe nicht, Emma. Ich wollte mit dir über etwas sehr Wichtiges sprechen«, sagte ich sanft.

Ihr Blick drückte ihre Irritation aus. Sie starrte mich von Kopf bis Fuß an, bevor sie schnell ihren Kopf schüttelte: »Du bedrängst mich, hör auf!«

»Ich weiß, dass Sophia dir alle Beweise des Direktors gegeben hat«, sagte ich, »Aber du solltest sie löschen.«

»Nein, das mache ich nicht!«, weigerte sie sich,

»Warum sagst du so etwas?«

»Weil Sophia Falschinfor—, Emma, lösch sie, vertrau mir!«

Ich blickte ihr tief in die Augen, während sie in wechselnde Richtungen starrte.

»Wie soll ich dir vertrauen können, wenn du nicht einmal meine Grenzen respektieren kannst?«, fragte sie aufgebracht.

»Ich möchte dich beschützen. Ich möchte das Beste für uns beide.«

Emma seufzte, bevor ich fortfuhr: »Du hast es Kevin nicht erzählt, oder? Davon was wir über Herr Reinsch wissen?«

»Nein, das – das würde ich nicht tun. Das bleibt, das bleibt etwas zwischen mir und dir«, stotterte sie.

»Sehr gut«, sagte ich schließlich.

»Sophia ist mir noch eine Menge schuldig. Vor allem, weil sie mir vorenthalten hat, dass die Wahl gefälscht wurde.«

Emma brach in Tränen aus und lief schnell davon.

44

Sophia

»Sophia, ich muss zu dir nach Hause. Es ist ein Notfall!«

Emma wirkte aufgebracht, als sie mich an jenem Tag anrief. Ich war irritiert und wusste nicht, was sie genau von mir wollte.

Sie sprach stockend, stotternd und verwirrend. So außer sich, dass sie andauernd wechselte zwischen aufgeregtem Gerede und Atempausen.

Ich erledigte meine Englischhausaufgaben, als sie anrief. Minutenlanges Warten, bis sie sagte, was los war. Ich sagte, sie könne vorbeikommen. Zwanzig Minuten später klingelte es an meiner Haustür. Ich öffnete und da stand sie.

»Oh Gott, Sophia!«, sagte sie erleichtert. »Gott, bin ich froh, dich zu sehen.«

Emma kam aufgebracht herein und umarmte mich.

»Es war so schrecklich gerade – es war so …«

»Was ist passiert?«, fragte ich besorgt.

Ich machte mir aufrichtig Sorgen um sie. Emma war kontrolliert. Sie wusste sich stets auszudrücken. Sie war organisiert, strukturiert und verfolgte in jeder Sache eine Strategie. Aber nun stand sie hier in meinem Wohnzimmer und wirkte völlig desorientiert.

»Florian«, sagte sie. »Er benimmt sich so seltsam in letzter Zeit.«

»Was ist mit Florian?«, fragte ich ruhig.

»Ich weiß es nicht«, schluchzte sie, »Er ist so anders.«

Sie erzählte mir von dem, was er ihr in den letzten Wochen angetan hatte. Davon, dass er in sie verliebt war und sie ihn ablehnte.

Sie erzählte mir ebenfalls davon, dass sie einen neuen Freund hatte und Florian sie seitdem bedrängte, verfolgte und sie sich unwohl fühlte.

»Wie heißt denn dein Freund?«

»Kevin Taler«, sagte sie.

Oh Gott. Kevin Taler. Er hat Florian gemobbt.

Er war derjenige, der ihn jahrelang schikaniert hat.

Aus Eifersucht können so viele schädliche Konflikte entstehen.

»Es tut mir leid, Emma.«

Es war die einzige Antwort, die ich herauspressen konnte. Ich konnte mir das nicht vorstellen. Florian war so unschuldig, als ich ihn kennenlernte. Er war zart wie eine Blume. Nun stachen aus ihm die Dornen heraus. Emma blickte mich mit großen Augen an. Ich hatte das Gefühl, dass sie mir noch etwas vorenthalten hatte.

»Hat er dir noch etwas gesagt?«, fragte ich.

Sie wich meinem fragenden Blick aus: »Nein, nein.«

»Du kannst es mir sagen«, versicherte ich ihr sanft.

Sie stieß einen lauten Seufzer aus, bevor sie zugab: »Er wollte aus irgendeinem Grund, dass ich die Beweise gegen Herrn Reinsch lösche.«

Ich runzelte die Stirn.

Seit wann stellte er diese Art von Forderungen?

»Wie bitte? Warum?«

»Er sagte, dass er mich damit beschützen möchte«, erwiderte sie kleinlaut. »Ich weiß selber nicht, warum er mir das gesagt hat.«

»Nein, nein, da müssen wir mit ihm reden.«

»Er sagte, dass er von der Wahlfälschung weiß. Ich glaube, er ist wütend, weil du ihm dies vorenthalten hast.«

Oh Gott!

Ich wusste, dass ich das ganze Drama sofort beenden musste, bevor es eskalierte. Er kam uns auf die Schliche.

Unser Bauernjunge kam uns auf die Schliche.

Ich fühlte mich noch nie dermaßen ertappt. Schließlich atmete ich auf: »Woher weiß er das?«

»Keine Ahnung«, sagte sie.

»Was hast du gesagt, als er dich darauf ansprach?«, fragte ich mit ungeduldigem Unterton.

»Ich bin ihm aus dem Weg gegangen.«

Ich seufzte erleichtert auf, bevor sie fragte: »Soll ich es Kevin erzählen?«

Ich schüttelte den Kopf: »Nein. Ich verstehe deine Bedenken, aber du kannst es ihm nicht erzählen.«

»Warum nicht? Ich möchte ihm loyal gegenüber sein. Ich möchte, dass er mir vertrauen kann.«

»Willst du unseren ganzen Plan wegwerfen für einen Jungen, den du seit drei Wochen datest?«, fragte ich schließlich aufgebracht. »Emma, nein. Das ist nicht das Richtige und du weißt das!«

Sie nickte und fing an, schnell und nervös zu sprechen: »Du hast recht. Okay nein; ich werde es ihm nicht erzählen.«

Ich schaute sie währenddessen an. Verfolgte jeden ihrer Blicke.

»Schau mich an und hör mir gut zu«, befahl ich ihr sanft, »Du wirst Florian anlügen müssen.«

»Das ist falsch. Das kann ich nicht!«

»Du hast keine andere Wahl, Emma«, meinte ich mit tiefer und ernster Stimme, »Egal, was passiert. Egal, wie offensichtlich die Beweise zur Wahlfälschung sind.«

»Ich habe Angst. Ich habe Angst, ihm nicht standhalten zu können. Er wird die Wahrheit aus mir herauspressen!«, erwiderte sie hysterisch.

Ich packte sie an beiden Schultern, sodass sie gezwungen ist, mir in die Augen zu schauen.

»Egal, wie offensichtlich alles ist. Wir müssen ihm einen Schritt voraus sein. Du wirst es leugnen. Du schaffst das.«

»Ich werde es leugnen«, wiederholte sie kleinlaut, als ob sie hypnotisiert wurde.

»Ich schaffe das.«

45

Florian

»Hast du Emma dazu gebracht, die Beweise zu löschen?«, fragte Herr Reinsch mich schließlich.

Emma war nicht leicht zu beeinflussen. Ich wusste nach dem Gespräch, dass ich sie nicht einfach dazu bringen kann, die Beweise der Leitung zu vernichten.

Kevin war eine Bedrohung. Er war derjenige, der nur nah genug an Emma rankommen musste, damit sie ihm von all dem erzählte.

Kevin war nicht mehr so konfrontativ wie früher. Ich hätte eher erwartet, dass er mich zusammenschlagen würde, aber das tat er nicht. Er sprach nie mit mir. Zwar war er mit mir in derselben Klasse, aber wir hatten nicht viel miteinander zu tun.

»Nein, ich konnte es nicht«, erwiderte ich schließlich. »Es tut mir leid.«

Herr Reinsch war äußerst freundlich und lud mich zu sich nach Hause ein. Er lebte in einem Haus, circa zwanzig Minuten mit dem Bus von der Schule entfernt.

Er bot mir grünen Tee an, während ich es mir auf meinem Sofa gemütlich machte.

»Was ist passiert?«, fragte er besorgniserregend.

»Ich befürchte, dass Emma das nicht machen wird. Ich kann sie nicht einfach darum bitten. Sie wird Verdacht schöpfen«, argumentierte ich.

»Du hast recht«, stellte Herr Reinsch verbissen fest.

»Selbst wenn Emma die Beweise vernichten wird, gibt es noch Sophia und Kevin«, sagte ich.

»Und Marlon«, fügte er hinzu.

Ich schüttelte den Kopf: »Nein. Marlon hat sich distanziert, nachdem er bemerkt hat, dass Sophia ihn benutzt hat. Ich bin mir sicher, dass Marlon dies gleichgültig ist.«

»Ein Problem weniger. Das ist gut«, murmelte er,

»Aber was hat Kevin damit zu tun?«

»Es ist möglich, dass Kevin Emmas Vertrauen gewinnt, sodass sie es ihm erzählt.«

Ich biss mir auf die Lippen: »Ich wünschte, dieser Idiot kommt ins Gefängnis für all die Jahre, die er mich schikaniert hat.«

Er grinste und verschränkte die Arme. Sein Schmunzeln war eindringlich.

»Florian, du hast mich auf eine Idee gebracht, wie wir die beiden loswerden können«, sagte er schließlich. Er rief Tina, die sich oben auf ihrem Zimmer befand.

»Tina, kommst du mal bitte runter?«

Tina galoppierte die Treppen hinunter: »Ja, Theo?«

»Du hast mir vor einiger Zeit erzählt, dass du Sophia nach dem Ethikunterricht um achtzehn Uhr immer noch im Oberstufenraum siehst, wenn die Schule eigentlich schließt.«

46

Sophia

Marlon saß auf der gegenüberliegenden Seite. Er streckte seine Beine auf der großen blauen Couch in der Mediothek aus, während er ein Buch las. Ich las ebenfalls meines.

Ich konnte es spüren, wenn er seinen Blick auf mich richtete, während ich die Seiten las. Und nachdem er seinen Blick wieder zurück aufs Buch gerichtet hatte, blickte ich ihn an.

Er war guaussehend, dominant, elegant. Er wirkte so ernst, aber zugleich so feinfühlig. Ein Engel aus eisernem Gerüst.

Es bereitete mir eine Gänsehaut, wenn er seine tiefen braunen Augen über mich wandern ließ. Ich nahm mir vor, mich nicht blenden zu lassen. Ich war nach wie vor die rechtmäßige Schulsprecherin.

Aber es gab andere Probleme.

Ich dachte an Florian. Ich sah ihn manchmal auf dem Schulhof und versteckte mich vor ihm, bis er weg war. Ich wollte nicht, dass er mich sieht, weil es mir unangenehm war.

Er war nicht mehr der gebückte Junge, der sich von seinen Mitschülern schikanieren ließ, nein.

Er war der begehrte Schulsprecher, an der Spitze der Macht. Zumindest auf Schülerebene.

Ich fragte mich, was passiert war.

Was mit diesem Schüler passiert war.

Woher dieser drastische Sinneswandel kam.

Wenn er dazu fähig war, Emma auf diese Weise kleinzuhalten, fragte ich mich, worauf er hinaus wollte. Wozu er im Verlauf der Monate fähig geworden war. Und ich hatte kein gutes Bauchgefühl bei der ganzen Sache.

Ab diesem Moment wusste ich, dass es nicht mehr darum ging, Marlon zu stürzen und die Machtstrukturen einer Schule zu meinen Gunsten zu beeinflussen. Es ging darum, uns zu schützen. Ich musste meinen Stolz beiseitelassen.

Schließlich ging ich auf Marlon zu.

»Darf ich mich zu dir setzen?«, fragte ich.

Er blickte mich scharf an.

Schließlich widmete er sich wieder seinem Buch.

Er ignorierte mich, seitdem wir uns auf dem Spielplatz aufgrund der Offenlegung von Herrn Reinschs Wahlfälschung gestritten hatten. Er wollte nichts mehr mit mir zu tun haben. Und ich konnte es ihm nicht verübeln.

Schließlich setzte ich mich zu ihm und versuchte, ein Gespräch anzufangen.

»Hast du etwas von Florian gehört, seit dem Skandal?«

Keine Antwort.

»Marlon, ich bitte dich. Hör mir zu! Es geht darum, Emma zu helfen.«

»Seit wann bist du aufrichtig daran interessiert, Menschen zu helfen?«, fragte er schließlich misstrauisch.

Seine Augen waren immer noch auf das Buch fixiert.

Ich seufzte. Es tat weh, dass er das sagte. Es tat weh, dass er mich abwies. Vorher war mir das immer egal gewesen.

»Nein«, antwortete er schließlich kühl auf meine Frage. »Ich habe nichts von Florian gehört. Warum fragst du?«

»Irgendwas ist mit ihm passiert«, erwiderte ich besorgt. »Emma hat mir davon erzählt, dass er sie verfolgt, seit sie ihren ersten Freund hat. Er war Florians Mobber, Kevin Taler. Florian scheint besessen von ihr zu sein, seitdem er das weiß.«

»Besessen?«, fragte Marlon verwundert.

»Ja, besessen«, erwiderte ich.

»Das klingt nicht nach Florian.«

»Ich weiß«, entgegnete ich. »Emma sagte, dass er sie dazu bringen möchte, die Beweise gegen die Leitung zu löschen. Er sagt, er tue das, um sie zu beschützen.«

»Sie kann doch einfach ablehnen.«

»Der Druck, der auf ihr lastet, ist zu stark«, erklärte ich ihm. »Sie hat Angst nachzugeben.«

»Das klingt nicht gesund«, murmelte er nachdenklich.

»Ich muss dir eine Kopie meiner Beweise gegen Herrn Reinsch geben, damit—«

»Sophia, nein!«

Sein Ton wechselte wieder von nachdenklich zu hart und ernst.

»Wir müssen herausfinden, was los ist, damit wir seine Schritte kalkulieren können, ja«, stellte er fest. »Aber ich werde dir nicht dabei helfen, den Direktor auszuschalten. Das werde ich nicht tun.«

»Es geht nicht mehr um eine dumme Schulsprecherwahl«, versuchte ich ihm zu erklären. »Es geht hier um viel mehr!«

Er schüttelte den Kopf. »Wir werden mit Florian reden und wenn das Ganze eskaliert, legst du die Wahlfälschung offen. Emma wird das Ganze bis dahin leugnen.«

Dann ging er.

Er vertraute mir nicht.

Und zum zweiten Mal in meinem Leben interessierte mich, was der unglaublich attraktive Marlon von Reventlow von mir hielt.

47

Es war eigenartig, wie schnell ein Schuljahr verging.

Vor einem Jahr stand ich noch im Treppenhaus des Schulflurs und blickte auf ein Wahlplakat. Vor fast einem Jahr hatte Florian Schüttler die Wahl fälschlicherweise gewonnen. Vor fast einem Jahr war ich Marlon gegenüber noch sehr feindselig. Heute saß ich im Oberstufenraum und lernte. Es war achtzehn Uhr. Der Ethikunterricht war zu Ende, die Schule würde in wenigen Minuten schließen, aber ich war immer noch hier und lernte. Niemand bemerkte es, denn niemand schaute nach. Ich öffnete stets das Fenster und sprang hinaus. Der Oberstufenraum befand sich im Erdgeschoss.

Wenn ich nach Hause ging, prokrastinierte ich.

Deshalb blieb ich in der Schule, bis alle meine Hausaufgaben erledigt waren. Der Oberstufenraum gehörte nur mir. Doch seltsamerweise kam auch Tina hierher. Sie musste mir gefolgt sein. Schließlich setzte sie sich neben mich und begann zu lernen. Sie holte ihre Wasserflasche heraus und trank daraus.

»Na? Bist du hier noch am Lernen?«, fragte sie.

Ich warf ihr einen bedrohlichen Seitenblick zu.

»Eine Antwort wäre angemessen«, zischte sie.

»Ja, ich lerne hier. Jetzt geh nach Hause und lass mich in Ruhe«, erwiderte ich kühl.

Sie überschlug ihre Beine und drehte ihren Stuhl in meine Richtung. Ich fühlte mich zunehmend beobachtet.

»Ich weiß, der Raum hier ist offen und die Schule ebenso. Aber ist das nicht Hausfriedensbruch, nach den Schließzeiten noch hier zu sein?«

In mir brodelte die Wut, als sie das sagte.

»Herr Berger würde sagen, dass das unmoralisch ist.«

»Ich interessiere mich nicht dafür, was Herr Berger oder einer von euch mir zu sagen hat«, erwiderte ich herablassend. »Korruption und Wahlfälschungen sind unmoralisch.«

Sie blickte mich mit großen Augen an und biss sich auf die Lippen. Ihre warnenden Augen schimmerten, und ich fühlte mich beinahe geblendet.

Dann sagte sie: »Nun, aus deinem Verhalten wird deutlich, dass du einige Probleme zu Hause hast.«

»Scharfsinnig!«, stellte ich fest. »Aber nicht zutreffend.«

Tina wusste nichts von der häuslichen Gewalt, die meine Mutter jahrelang von meinem Vater erlebte. Doch der Gedanke kam bei mir hoch.

Das Geschrei.

Die zerbrochenen Gläser.

Der stinkende Biergeruch.

Er war ein Monster. Ein schreckliches Monster. Meine Mutter versteckte mich regelmäßig vor ihm. Aber es war nicht die Zeit, um darüber nachzudenken. Für einen Moment fühlte ich mich ertappt. Verletzt. Doch mehr denn je wurde mir klar, dass ihre Sticheleien aus ihrer eigenen Unsicherheit stammten. Tina und ich hatten eines gemeinsam: Wir hatten (oder hatten gehabt) Probleme zu Hause. Doch die Situationen waren ganz unterschiedlich.

»Tina, ich verstehe deinen Schmerz«, sagte ich schließlich. »Du merkst es nur nicht.«

Meine Stimme war sanft und besonnen, während sie ihre Augen anspannte.

»Worauf willst du hinaus?«

»Dass dein Bruder dich kontrolliert«, stellte ich fest.

Sie mochte ihren Bruder nicht, war aber von ihm abhängig. Er war ihr Vormund. Genau wie meine Mutter und ich unseren Vater nicht mochten, aber von ihm abhängig waren. Es war seltsam, denn irgendwie vertraute ich ihr. Sie war fies und hinterhältig, aber ich vertraute ihr.

»Ich weiß, was dein Bruder alles getan hat«, sagte ich. »Es muss schwer für dich sein, Tina.«

Sie verschränkte die Arme und blickte mich prüfend an. Sie zog eine Augenbraue hoch.

»Ach ja?«

»Ich weiß, dass du nicht so bist wie er. Ich sehe das Gute in dir, aber du bist immer so zornig.«

»Komm runter von deinem Gerede über Moral und das Gute«, höhnte sie. »Hier verfolgt jeder sein eigenes Ziel.« Sie nahm ihre Wasserflasche und ging nach draußen. Ich trank einen Schluck Wasser.

48

Neun verpasste Anrufe von Mama. Mir war immer noch schwindelig. Der Raum fühlte sich unglaublich groß und weit an.

Alles war ruhig. Beunruhigend ruhig. Diese Stille machte mir Angst. Mit einem beklemmenden Gefühl blickte ich aus dem Fenster in den Nachthimmel. Es war Nacht, und ich war immer noch in der Schule. Es machte mir Angst. Es war Ende Mai, und zu dieser Zeit wurde es erst spät dunkel. Ein unbeschreibliches, drohendes Bauchgefühl überkam mich. Ich seufzte, während ich zur Seite blickte.

Mein Atem beschleunigte sich. Was war passiert? Ich konnte mich an nichts erinnern. Neun verpasste Anrufe von Mama. Ich sah auf mein Handy, und die Uhrzeit versetzte mich in Schock.

22:13 Uhr.

Was machte ich hier? Ich lag immer noch hier, mit meinen Schulsachen. Ich wusste, dass ich schnell nach Hause musste. Es war schon spät, und ich schuldete meiner Mutter eine Erklärung, warum ich so lange weg war. Ich begab mich zum Schulausgang und bemerkte dabei, dass mein Rucksack überraschend schwer war. Ich war voller Neugier und wollte unbedingt wissen, was sich darin befand. Zunächst war es mir jedoch wichtiger, aus diesem Raum zu verschwinden. Ich sah mich um, voller Verwirrung, voller Besorgnis. Da war dieses unheimliche Bauchgefühl, das mir sagte, dass etwas nicht stimmte.

Ich fühlte mich bedroht. Auf eine Art und Weise, wie ich es lange nicht mehr erlebt hatte. Ich war hier, im Dunkeln. Vielleicht war ich eingeschlafen. Ich bewegte mich wie ein Geist, der plötzlich wieder ein Mensch wurde: zerzauste Haare, verschmiertes Make-up, ein schwerer Rucksack. Es war alles eigenartig. Ich öffnete das Fenster des Oberstufenraums und sprang hinaus. Ich musste das Schulgelände sofort verlassen. Schließlich rannte ich nach rechts in Richtung des B-Baus. Als ich den Raum verließ, bemerkte ich am äußeren Teil des Gebäudes die Graffiti-Aufschrift:

HERR REINSCH IST EIN LÜGNER

KORRUPTER, ARROGANTER DIREKTOR

FICKT DAS GYMNASIUM AM SOMMERFELD

FICKT DAS GANZE SCHULPERSONAL

Ich atmete laut ein. Hatte ich das getan? Hatte ich dieses Graffiti auf dem Schulgelände gesprüht? Was war mit mir passiert? Ich konnte mich nicht erinnern. Ich spürte etwas Metallisches in meinem Rucksack, das gegen meinen Rücken stieß. Ich öffnete den Rucksack, nachdem ich endlich aus diesem Raum verschwunden war. Das Graffitispray war bei mir. Es war bei mir. Ich zog beide Spraydosen heraus. Erstaunt und schockiert betrachtete ich, was in meinen Händen war. Ich blickte auf meine Handfläche und bemerkte die blauen und gelben Graffitifarbflecken.

In diesem Moment konnte ich nicht anders, als hysterisch zu kreischen. Dann blickte ich mit halboffenen Augen hin und her. Ich bemerkte die blauen Lichter, die blinkten. Ein Polizeiauto fuhr die Straße entlang und hielt an, bevor ein Polizist mit Handschellen auf mich zukam. Ich ließ die Spraydosen fallen und streckte ihm meine Handgelenke entgegen.

»Frau Dahl, Sie sind verhaftet!«, sagte er ernst. »Sie sind vorläufig festgenommen. Sie haben das Recht, zu der Beschuldigung keine Angaben zu machen und sich jederzeit mit einem Anwalt zu beraten. Sie haben außerdem das Recht, einen Anwalt Ihrer Wahl hinzuzuziehen. Alles was Sie sagen, kann und wird möglicherweise vor Gericht gegen Sie verwendet werden.«

49

Meine Mutter weigerte sich, einen Anwalt zu holen, also bekam ich einen Pflichtverteidiger. Sie war diejenige, die die Polizei angerufen hatte, weil sie mich vermisst hatte und ich nicht zurückrief. Sie gab an, dass ich normalerweise bis neunzehn Uhr im Oberstufenraum in der Schule war. Die Polizei sah, was ich getan hatte, und verhaftete mich daraufhin. Sie kam in jener Nacht zur Polizeistation und drehte völlig durch. Sie sagte, dass ich meinen Verstand verloren hätte, dass ich die gleichen psychischen Probleme wie mein Vater hätte und dass ich eine Schande wäre, die sie damals herausgepresst hatte – dass aus mir nichts werden würde.

Für eine Mutter klang das hart, aber ich konnte es ihr nicht verübeln. Ich dachte doch genauso über mich selbst. Mir wurde klar, dass ich eine ungesunde Besessenheit zur Machtergreifung in der Schulpolitik entwickelt hatte. Auch wenn ich mich nicht erinnern konnte, war ich mir sicher, dass ich es war, die die Graffitis gesprüht hatte. Ich war ziemlich sicher. Ich war niemand, dem man vertrauen konnte. Und ich konnte auch niemandem trauen, vor allem nicht jetzt. Ich hatte Angst – große Angst vor der Ungewissheit, was als Nächstes passieren würde. Ich saß in der Zelle, unfähig, mein Vergehen einzuordnen, unfähig zu wissen, was ich getan hatte. Mein Schal musste ich ausziehen – Gefängnisvorschriften.

Ich presste meinen Rücken gegen die Wand und brach in Tränen aus, immer noch mit den Graffitifarbflecken auf meiner Hand. Langsam überkam mich das Gefühl, dass ich verrückt wurde – dass ich die Kontrolle verlor, genau wie damals. Bei der Erinnerung lief es mir kalt den Rücken hinunter und ich begann zu zittern. Es war starr, eng, und obwohl es im Gefängnis warm war, fühlte es sich kalt an.

Ich war in der Abteilung für junge Erwachsene von achtzehn bis einundzwanzig Jahren untergebracht. Ich bekam eine Einzelzelle mit einem Bett. Aus meiner Zelle konnte ich auf die der anderen schauen. Ich bemerkte, dass viele junge Menschen hier waren, möglicherweise auch für Verbrechen, an die sie sich nicht erinnern konnten. Es war Mitternacht, als das Geschreie meines Vaters mir in den Ohren dröhnte und ich plötzlich aufwachte. Ich war zehn Jahre alt.

»WARUM IST DAS WOHNZIMMER NICHT AUFGERÄUMT?«, brüllte er.

An jenem Tag hatte ich mich mit meinen Freunden zum Spielen getroffen. Meine Mutter hatte mir gesagt, dass ich aufräumen sollte, bevor mein Vater kommt, aber irgendwie hatte ich es vergessen. Ich hörte eine piepsige Stimme, die ihm erklärte, was vorgefallen war.

»KLAPPE!«, fauchte er.

Ich schlich mich nach unten. Ich hatte ein schlechtes Gewissen, meine Mutter mit meinem Vater allein zu lassen. Ich wusste von den unzähligen Versuchen, die sie unternommen hatte, mich vor ihm zu schützen. An diesem Tag steigerte ich mich in mein schlechtes Gewissen hinein. Es war mein Spiel. Ich hätte es aufräumen müssen, aber hatte es nicht getan. Langsam schlich ich die Treppen hinunter und lauschte. Er wirkte so instabil, als ob er gleich umfallen würde. Seine Stimme hatte keinen klaren Fluss. Er klang sturzbetrunken.

»ICH HABE ES DIR EINTAUSEND MAL GESAGT.«

»Du warst den ganzen Tag bis jetzt weg. Wo warst du?«, fragte meine Mutter sanft.

»DAS GEHT DICH NICHTS AN!«, schrie er. Meine Mutter wich zurück, während er sich ein Glas Wasser einschenkte und es trank.

»Du warst wieder einmal in der Bar, oder? Ohne mir Bescheid zu sagen.«

»NERV NICHT!«

»Bist du auch in dem Zustand Auto gefahren?«, fragte sie.

Plötzlich ergriff er sein Glas und schmiss es auf den Boden.

»ICH SAGTE, NERV NICHT!«

Er nahm eine große Scherbe und ging auf meine Mutter zu, die sich nach hinten flüchtete, bis ihr Rücken gegen die Wand stieß und sie laut aufatmete.

»SEIT JAHREN – SEIT JAHREN GEHST DU MIR SCHON AUF DIE NERVEN!«

Ich hatte große Furcht. Es lief mir kalt den Rücken hinunter, als ich die beiden sah. Ich wollte nicht, dass meiner Mutter etwas passierte. Aber er holte aus. Er holte mit der Scherbe aus. Wie automatisiert rannte ich zwischen die beiden – und er traf mich. Er schnitt mir die Halsschlagader auf

50

»Ich habe mir Ihre Akte angeschaut, Sophia.«

Ich hatte das Recht zu schweigen, was ich auch nutzte, bis mir mein Pflichtverteidiger, Herr Meyer, zugeteilt wurde.

»Sind Sie vorbestraft?«, fragte Herr Meyer prüfend, während ich den Kopf schüttelte.

»Nein, bin ich nicht.«

»Das ist schon mal gut«, erwiderte er. »Wir werden die Ereignisse durchgehen. Es gibt vier Anklagepunkte von Theo Reinsch gegen Sie: Sachbeschädigung, Beamtenbeleidigung, Verleumdung und Bedrohung.«

Komischerweise war ich nicht wegen Hausfriedensbruchs angezeigt worden. Aber ich wunderte mich über die Bedrohung:

»Bedrohung? Was habe ich denn getan?«

Mein Pflichtverteidiger runzelte die Stirn und blickte mich irritiert an.

»Gut, fangen wir nochmal von vorne an. Haben Sie das Verbrechen begangen?«

»Ich kann mich nicht erinnern«, beteuerte ich. »Wirklich nicht.«

»Woran erinnern Sie sich denn?«, fragte er.

»Ich erinnere mich nur noch daran, dass ich im Oberstufenraum gelernt habe. Das mache ich jeden Mittwoch gegen achtzehn Uhr. Danach bin ich aufgewacht und alles war voller Graffiti.«

»Eigenartig. Sehr eigenartig«, flüsterte er schließlich zu sich selbst.

»Haben Sie schon einmal mit Graffiti gearbeitet?«

»Nein, noch nie!«, sagte ich brennend.

»Wie kamen die Dosen denn überhaupt in den Rucksack?«, fragte er misstrauisch.

»Ich weiß es nicht.«

Mein eigener Pflichtverteidiger glaubte mir nicht. Ich war mir sicher, dass er dachte, ich wüsste, was ich getan hatte. Dieses Gespräch war schrecklich. Die Vorstellung, dass ich ein Verbrechen begangen haben könnte, ließ meine Seele förmlich brennen.

»Haben Sie Drogen genommen? Oder trinken Sie Alkohol?«

»Nein, beides nicht«, antwortete ich knapp. »Aber warum wird mir vorgeworfen, ich hätte Herrn Reinsch bedroht?«

Herr Meyer sagte: »Sie hätten Drohbriefe an Theo Reinsch, ihren Schulleiter, geschickt.«

»Nein, habe ich nicht!«, sagte ich scharf. »Wie sieht die Lage denn jetzt aus?«

»Wir blicken auf die gegebenen Umstände: Sie sind nicht vorbestraft, was schon mal wichtig anzumerken ist. Außerdem werde ich die Lage mit der

Urkundenfälschung berücksichtigen, die der Auslöser für die Wut vieler Schüler war, was jedoch Ihre Taten nicht rechtfertigt«, erklärte er. »Zu den Morddrohungen gibt es zwar Indizien, die für Ihre und Kevins Schuld sprechen, aber die Beweise sind nicht…«

»Stop!«, sagte ich. »Kevin?«

»Kevin Taler. Ihr Komplize.«

»Aber ich war alleine«, fauchte ich. »Niemand war mehr da, außer mir.«

»In der Akte steht, dass Kevin Taler auch dabei war.«

»Nein, das kann nicht sein.«

»Der Vermerk ist neu. Er wurde erst gestern Morgen, am Morgen des Verbrechens, damit konfrontiert, nachdem zwei andere Graffitidosen in seinem Spind gefunden worden waren.«

»Vielleicht – vielleicht waren wir zufällig zur selben Zeit am selben Ort, aber wir haben das nicht geplant.«

»Er hat genau dieselben Anklagepunkte, und ein anderer Pflichtverteidiger spricht mit ihm.«

»Und was passiert jetzt mit uns?«, fragte ich irritiert.

»Da es Ihre erste Straftat ist, ist die Möglichkeit hoch, über eine Kaution freizukommen«, erklärte er mir. »Wie hoch die Summe sein wird, werde ich mit dem Richter besprechen.«

51

»Warum bist du hier?«, fragte ich aufgebracht.

Kevin und ich hatten jeweils einen Pflichtverteidiger zugeteilt bekommen. Da ich achtzehn war und er erst fünfzehn, hielten wir uns in unterschiedlichen Bereichen auf. Das Gefängnis war in Bereiche für Jugendliche und junge Erwachsene bis einundzwanzig unterteilt, und ich gehörte zu Letzteren. Nur in der Mittagspause sahen wir uns.

»Ich werde für ein Verbrechen verantwortlich gemacht, das ich nicht begangen habe«, flüsterte er.

Heute gab es Kartoffelbrei mit Bratwurst und Erbsen. Das Essen war seltsam. In orangefarbener Gefängniskleidung holte ich mir ein Tablett, auf dem das Essen portioniert war.

»Wo warst du zum Zeitpunkt der Tat?«, fragte ich.

»Ich muss zu Hause gewesen sein.«

»Warum musstest du zu Hause gewesen sein? Bedeutet das, dass du es nicht weißt?«, hakte ich nach.

»Ich kann mich nicht erinnern. Ich kam gegen siebzehn Uhr nach Hause und erinnere mich erst wieder, als ich um zehn Uhr aufwachte. Und als ich gestern Morgen meinen Spind öffnete…«

Er hielt inne.

»Die Graffitidosen befanden sich darin. Es gab einen anonymen Tipp, dass die Dosen in meinem Spind wären. Es waren genau dieselben Farben.«

Ich verstand. Dass noch jemand im Spiel war, erklärte, warum nur zwei Dosen bei mir waren, obwohl mit vier Farben gesprüht wurde.

»Wer könnte der Verräter gewesen sein?«, fragte ich schließlich.

Ich wusste, dass er an dieselbe Person dachte, an die auch ich dachte.

»Florian Schüttler wird zunehmend rachsüchtiger«, erwiderte er. »Ich bin mir sicher, dass er es war.«

»Er und die Leitung haben uns das Verbrechen angehängt, um uns zum Schweigen zu bringen«, ergänzte ich. »Und Florian möchte Emma von dir losbinden. Du musst sie von deiner Unschuld überzeugen.«

52

Zurück ins normale Leben. Zurück in den Alltag. Es war fünfzehn Uhr, und ich hätte gerade Matheunterricht gehabt. Ich wollte dorthin, doch ich war im Gefängnis und hatte Kevin bei mir, der mir mehr Hoffnung gab, als ich es für möglich gehalten hätte. Kevin, der Florian gemobbt hatte. Kevin, der mit Emma zusammen war. Es war seltsam, dass ein Fünfzehnjähriger mir so viel Hoffnung brachte.

»Frau Beck, Sie bekommen Besuch«, kündigte ein Polizist an.

Er öffnete die Zelle und legte mir Handschellen an.

»Von wem denn?«, fragte ich.

Er ging mit schnellen Schritten voraus, und ich folgte ihm zum Besucherzimmer. Es war ein grauer, lebloser Raum wie meine Zelle, nur größer. Ein großer Tisch stand vor uns, eine Glaswand trennte uns.

Und dann sah ich Florian.

Er sah anders aus. Es war beängstigend.

Wo war der unschuldige Junge, der die Welt trotz seiner Umstände durch eine rosarote Brille betrachtete?

Wo war der Junge, der anderen unbedingt helfen wollte?

Dieser Junge war nicht mehr da. Er war umgebracht worden – nicht körperlich, aber geistig.

Der neue Florian war starr, dunkel und mysteriös. Seine grünen Augen hatten sich verdunkelt, und er sah mich mit einer verhärteten Miene an. Das erste Mal hatte ich Angst vor ihm. Es lief mir kalt den Rücken hinunter.

Er war ein anderer Mensch geworden.

Ich setzte mich langsam und griff nach dem roten Telefon, um die Verbindung zu aktivieren.

Sein finsterer Blick begegnete mir durch die Glasscheibe. Ich bemerkte, wie sein Blick auf meiner Narbe verweilte.

»Hallo, Sophia«, sagte er schließlich mit seiner eindringlichen, tiefen Stimme.

Ich hatte Hoffnung, als wir miteinander sprachen, auch wenn alles nach dem Gegenteil aussah.

»Florian, bitte hilf mir hier raus«, sagte ich. »Bitte, ich weiß, dass du mit Herrn Reinsch –«

»Nein, ich habe damit nichts zu tun!«, beteuerte er. »Genauso wenig wie Herr Reinsch. Ihr habt das getan.«

»Das glaube ich nicht.«

»Ach ja? Wie bist du denn sonst ins Gefängnis gekommen? Wenn du es nicht warst, wer war es dann?«

Ich griff mir frustriert durch die Haare und blickte ihn fragend an. »Ich weiß es nicht.«

»Wir waren ein Team. Interessiert dich das denn nicht? Wir haben zusammengearbeitet, und nun bin ich hier«, sagte ich gereizt.

Er antwortete nicht.

»Es ist komisch, dass du nicht überrascht bist«, zischte ich schließlich. »Es ist komisch, dass Kevin und ich beide hier sind. ALS OB DAS GEGEN UNS GEPLANT WAR!«

Als ich durch den Raum schrie, sah ein Polizist mich bedrohlich an.

»Sogar die Bullen denken, du bist krank«, höhnte Florian. »Dass wir uns gegen dich verschworen haben, ist völliger Unsinn. Das denkt auch jeder in der Schule. Jeder redet über euch beide. Dass ihr das getan habt.«

»Hör auf!«, wandte ich ein.

»Ich weiß, dass du und Herr Reinsch dahintersteckt«, zischte ich schließlich. »Ihr habt uns das angehängt. Du warst nicht einmal überrascht, mich zu sehen.«

»Dein Aufenthalt ist mir gleichgültig!«, erwiderte er scharf.

»Ich habe nie Morddrohungen geschrieben. Nie.«

»Sophia, du bist zu allem fähig. Du bist gestört!«, sagte er in einem bedachten Ton. »Dass du egozentrisch bist, habe ich schon vor ein paar Monaten bemerkt. Du hast mich benutzt. Du hast mich und Marlon benutzt, und du tust es auch mit Emma. Du wolltest Einfluss auf meine Politik nehmen und dich tarnen.«

Ich runzelte die Stirn, während meine Kinnlade vor Empörung herunterfiel.

»Wie kommst du darauf?«

»Ich habe gehört, wie du mit Marlon am Spielplatz gestritten hast.«

Er versetzte mich in Schock. Immer wieder aufs Neue.

»Ich weiß nicht viel über dich oder deine Freunde in der Schule. Ich sehe dich nicht oft. Aber was ich weiß, ist, dass du eine toxische Schulkultur aufrechterhältst und alles verdrehst.«

»HERR REINSCH ERHÄLT EINE TOXISCHE SCHULKULTUR AUFRECHT!«, kreischte ich. »ER IST KORRUPT!«

Florian verspottete mich: »Die einzige Person, die korrupt ist, bist du. Du möchtest doch die reiche Oberschicht aufrechterhalten.«

»Das ist nicht wahr!«, rief ich. »Was redest du da?«

»Herr Reinsch wollte die Gerechtigkeit hervorbringen. Er wollte, dass alles gerecht verläuft, so wie du es uns die ganze Zeit eingeredet hast«, erklärte er mir. »Er hat deswegen die Wahl gefälscht. Weil ich den Platz verdient habe.«

»Hat er dir das eingeredet?«, fragte ich hysterisch. »Hat er dich damit auf seine Seite gezogen?«

»Du hast mich –«

»GENUG!«, kreischte ich. »Du hast dich früher über ihn lustig gemacht. Du hast gesagt, wie absurd das alles ist. Jetzt bist du auf seiner Seite!«

»Das war, bevor ich bemerkt habe, wie du uns alle benutzt.«

»Und warum willst du, dass Emma die Beweise gegen Herrn Reinsch löscht?«

»Ach, Emma hat dir das schon erzählt?«, fragte er. »Weil die Beweise nicht wahr sind. Sie tut mir leid, dass sie auf eure Pläne hereingefallen ist.«

»Herr Reinsch benutzt dich nur!«, erwiderte ich.

»Bring mich hier raus. Du kannst mich und Kevin hassen, aber wir vergessen dieses –«

»Nein«, lachte er. »Das werde ich nicht tun.«

»Siehst du nicht, was er mit dir anstellt?«

»Er gibt mir das Lob und die Anerkennung, die ich verdient habe!«, fauchte er.

»Er nimmt Einfluss auf dich. Er manipuliert dich und lockt dich in eine Falle.«, flüsterte ich eindringlich. »Du hättest niemals allein hingehen sollen. Du hättest zuerst mit mir über die Wahlfälschung sprechen müssen!«

»Damit alles danach verläuft, wie du es dir wünschst? Auf keinen Fall!«

Mir kamen die ersten Tränen, als ich ihn ansah – voller Hass, voller

Schmerz, voller Wut.

Er steckte zu tief in allem drin. Florian war kein Schulsprecher mehr. Er war jemand, der die Interessen der Schulleitung vertrat. Fürsprecher des Direktors. Und er merkte es nicht einmal. Es war traurig. Einfach nur traurig.

»Tief im Inneren weißt du, dass es falsch ist«, sagte ich. »Du hast die Wahl, Florian. Du kannst entscheiden, welchen Weg du gehst.«

»Ich habe mich bereits entschieden.«

Er legte auf.

53

Nach dem Besuch kehrte ich in meine Zelle zurück.

Ich konnte es nicht fassen. Florian hatte sich wirklich tiefgehend verändert. Wie hatte Herr Reinsch das nur angestellt? Wie hatte er ihm sein Gehirn gewaschen? Ich hielt es nicht aus – dieser Groll, diese Gehässigkeit, die widerlichen Blicke. Die Vorwürfe, die wir uns gegenseitig machten.

Florian war meine Spielpuppe, aber ich war keine gute Spielerin. Er entzog sich meinen Fäden und band sich lieber an Herrn Reinsch. Er war ansprechender, machte ihm verlockende Angebote.

Florian wurde verführt und fehlgeleitet.

Genauso dreckig wie in der echten Politik.

Der Plan war gescheitert. Auch wenn Florian dachte, er würde das Richtige tun, hatte er mit einer Sache recht: Ich hatte ihn benutzt. Er war mir unterlegen. Er war vierzehn, als ich ihn kennenlernte – in den Fängen seiner Mobber.

Ich war sein Anker, an dem er sich bei der Flut festhielt, und er hoffte, dass ich ihn auf einen sicheren Felsen bringen würde. Doch ich war nur noch jemand, der ihn genauso widerlich behandelte wie Kevin und seine Freunde, nur dass ich es besser versteckte.

Dennoch tat er das Falsche: Er war besessen von Emma – das, was er sich als Liebe vorgaukelte.

Er hängte uns ein Verbrechen an, um uns aus dem Weg zu räumen – koste es, was es wolle. Er würde Freundschaften zerstören. Strukturen der Schule beeinflussen – vielleicht sogar seine Amtszeit verlängern.

Kevin, Marlon, Emma und ich saßen im selben Boot.

Zwei von uns waren machtlos.

Aber Marlon und Emma waren diejenigen, die den Plänen entgegensteuern konnten.

Plötzlich trat mein Pflichtverteidiger ein und begrüßte mich.

»Ich habe Neuigkeiten«, verkündete er.

»Und?«, fragte ich.

»Ich habe einen Antrag auf Kaution gestellt. Da es eure erste Straftat ist, wurde dieser angenommen!«

»Wie viel?«, fragte ich schließlich.

»Fünfzigtausend Euro insgesamt. Ihr beide müsst eine Kaution von je fünfundzwanzigtausend Euro zahlen.«

Mein Bauch zog sich zusammen.

»Was passiert, wenn wir das nicht bezahlen können?«

»Dann werden Sie zu einer Freiheitsstrafe von bis zu drei Jahren verurteilt.«

54

Fünfundzwanzigtausend.

25.000.

Meine Mutter würde mir diese Summe niemals aufbringen.

Sie konnte es nicht. Die Summe war zu hoch. Eine Ratenzahlung kam ebenfalls nicht infrage.

Es gab nur eine Person in meinem Umfeld, die diese Summe besaß, und das war Marlon von Reventlow.

Es war mir unangenehm, ihn nach diesem Gefallen zu fragen. Egal, wie viel Geld er hatte. Egal, wie privilegiert er war. Ich hatte ihn nicht gut behandelt. Ich hatte ihn benutzt, um Schulsprecherin zu werden, das hatte ich bereits angedeutet. Ich hatte die Informationen, die ich über ihn und seine Beziehung zu Herrn Reinsch hatte, gegen ihn verwenden wollen.

Aber jetzt brauchte ich ihn. Nicht nur, damit er mir die Kaution bezahlte, sondern auch emotional.

Ich sehnte mich manchmal nach ihm, wenn ich im Gefängnis war. Ich versuchte, dieses Gefühl zu verdrängen, aber es war schwer, wenn man sich so isoliert fühlte.

Ich brauchte ihn, wie er mich von hinten umarmte. Wie er seine Hände an meiner Taille platzierte und sie sanft nach oben gleiten ließ, um mich zu beruhigen. Wie er mich mit seinen lustvollen, zugleich liebevollen Augen ansah und mir sagte, dass ich wunderschön sei (obwohl es nicht stimmte und er das wusste). Wie er mir mit seiner besonnenen Stimme ins Ohr flüsterte, dass alles gut werden würde, während meine Nackenhaare sich aufstellten. Wie er mich berührte und mich mit jeder seiner wunderschönen Berührungen zum Schmelzen brachte.

Ja, ich wünschte, Marlon wäre mit mir in dieser Zelle. Er konnte mir das Gefühl von Sicherheit und Geborgenheit geben, das ich mir selbst nicht geben konnte.

Es war falsch, ihn zu benutzen. Es war so falsch, aber ich tat es immer weiter, weil mein Stolz mich in dieser Situation einholte.

Ich rief ihn an und bat ihn, zu mir zu kommen, weil ich mit ihm etwas Wichtiges besprechen wollte. Er fuhr zu mir und ich wurde erneut in den Besucherraum geführt.

Die Distanz, die bei Florian angenehm gewesen war, wollte ich bei Marlon nicht. Ich hasste es, dass eine Glaswand uns voneinander trennte und wir auf das Telefon angewiesen waren.

Ich sah ihn an. Marlon von Reventlow. Seine Augen weiteten sich, als er mich ansah, während ich mich setzte.

Ich wollte ihn. Ich brauchte ihn.

»Wie läuft die Schule? Habe ich etwas verpasst?«, fragte ich bekümmert.

»Tina hatte letztens Geburtstag«, erwiderte er, »Sie ist achtzehn geworden.«

»Nein, ich meine wegen Florian und Emma«, sagte ich.

Er zog die Augenbrauen hoch und fuhr sich durchs Haar, bevor er seufzte: »Nicht, dass ich wüsste. Ich achte nicht so viel auf sie.«

»Das solltest du aber!«, erwiderte ich bekümmert. »Florian ist wahnsinnig geworden. Er hat sich total verändert!«

»Ach ja?«

»Sprechen die Leute schon über mich?«, fragte ich plötzlich. »Sprechen sie darüber, wie kalt das Verbrechen war, das ich begangen habe?«

»In der Tat«, erwiderte er kühl. »Herr Reinsch hat eine Ansage wegen deines Verbrechens mit Kevin gemacht.«

Tränen liefen über mein Gesicht.

Wie Florian das alles verdrehte, war unglaublich. Es brachte mich zum Weinen, dass niemand bemerkte, was man uns antat.

»Herr Reinsch und Florian haben uns beiden das angehängt«, beharrte ich. »Florian ist verwirrt.«

Marlon lachte. »Warum möchtest du mich hier haben?«

»Weil ich deine Hilfe brauche«, erwiderte ich. »Mein Anwalt hat es geschafft, einen Antrag auf Kaution zu stellen.«

Sein Blick verdunkelte sich. »Wie viel?«

»Fünfundzwanzigtausend für mich und für Kevin. Insgesamt also fünfzigtausend«, antwortete ich. »Ich bitte dich, deinen Vater zu fragen.«

»Nein, ich werde dir das nicht bezahlen«, erwiderte er kühl.

Für einen Moment richtete er seinen Blick auf meinen Hals, und plötzlich sah ich dieses verletzliche Flackern in seinen Augen, bevor er mich erneut starr anstarrte. Er blickte mich an, als wäre ich eine fremde Person für ihn.

»Was?«, fragte ich. »Glaubst du etwa, dass ich das getan habe?«

»Nein, ich glaube nicht, dass du das getan hast«, sagte er. »Aber ich denke, dass du eine Zeit im Gefängnis verdient hast.«

»Wofür?«, fragte ich irritiert, während mir die Tränen erneut über das

Gesicht liefen. »Was habe ich dir getan?«

»Du weißt ganz genau, was du mir und Florian getan hast«, entgegnete er bitter.

»Es geht um meine Freiheit, Marlon. Bitte hol mich hier raus und rede dann nie wieder mit mir!«

»Nein, Sophia.«

Plötzlich brach ich zusammen. Mein Gesicht wurde rot und angespannt, während mein Mund offen war. Meine Augen waren zusammengekniffen, während mir die Tränen ins Gesicht liefen.

»Ich möchte nicht, dass du mich wegen meines Geldes ausnutzt, wie es Tina getan hat«, sagte er schließlich. »Deswegen habe ich mit ihr Schluss gemacht.«

»Aber ich bin nicht Tina.«

Marlon lachte spöttisch. »Nein, bist du nicht. Aber du siehst ihr und ihren kranken Bruder in vielerlei Hinsicht ähnlich.«

»DAS IST NICHT WAHR!«, weinte ich.

»Sag es mir«, befahl er. »Worum ging es dir die ganze Zeit, während du mir *geholfen* hast? Ging es dir um Rache? Um Vergeltung für all die Jahre, in denen ich deinen Stolz verletzt habe, weil ich besser war als du?«

»Es ging mir nie um Rache«, sagte ich. »Es geht mir um Macht.«

»Und du kannst mir nicht vertrauen, dass ich als Schulsprecher das Richtige tun würde?«, prüfte er.

»Vertrauen ist gut, aber Kontrolle ist besser«, erwiderte ich.

Marlon schüttelte unbeirrt den Kopf. »Sophia, ich kenne dich schon lange und ich habe dich nie gemocht. Ich kann nicht glauben, was du mir gerade sagst.«

Warum traf mich das so hart, wenn er das sagte?

Früher hatte es mich nicht interessiert.

»Bitte tue mir nur einen Gefallen: Geh zum Abschlussball und passe auf Emma auf«, flüsterte ich kleinlaut.

»Ich bin nicht ihr Babysitter!«, zischte er. »Sie kann auf sich selbst aufpassen. Ich werde nicht zum Abschlussball gehen. Mit wem soll ich dort überhaupt meine Zeit verbringen?«

»Ich hasse es, mit dir zu streiten, Marlon«, schluchzte ich schließlich kleinlaut. »Ich hasse es wirklich und es tut mir leid.«

»Nein, mir tut es leid.«

Er legte auf und ging durch die Tür.

55

Florian

Die Nachrichten verbreiteten sich schnell wie ein Virus.

Überall hatte sich herumgesprochen, wie Sophia und Kevin das Graffiti auf das Schulgelände gesprüht hatten – die Beleidigungen, die Hetze.

Das Einzige, was unveröffentlicht blieb, waren die Morddrohungen, die Herr Reinsch per E-Mail erhalten hatte. Die IP-Adresse war auf Sophias Handy zurückzuführen.

Natürlich hatte Sophia diese Nachricht nicht an jenem Abend geschrieben, sondern ich war es. Natürlich war es unmoralisch, zwei unschuldigen Personen ein Vandalismusverbrechen mit Drohbriefen anzuhängen.

Doch ich wusste, dass ich das Richtige tat. Es ging um die Gerechtigkeit, die die Machtstrukturen unseres Schulsystems nicht gewährleisten konnten.

Es war, um zu verhindern, dass Sophia die Hierarchie einer reichen, privilegierten Oberschicht aufrechterhielt.

Es war, um einen Mobber weniger an unserer Schule zu haben und ihm die Strafe zu geben, die er verdient hatte.

Es war dafür, dass nicht noch mehr ahnungslose Personen in Sophias Fänge gerieten, die sie für ihre eigenen Zwecke instrumentalisierten.

Und dann war da noch Emma. Sie war ahnungslos. Allein. Niemand passte auf sie auf.

Die Schule war ein Schauplatz für Verschwörungen, und ich musste sie beschützen. Ich musste Emma beschützen, denn ich liebte sie so sehr. Ich liebte sie bedingungslos. Sie war allein in diesem Netz von Intrigen, und ich musste sie unbedingt aufklären.

Ich hatte sie neulich gesehen. Weinend.

Ihre Mitschülerin tröstete sie, während sie sich über Kevin beschwerte. Fassungslos darüber, wie er das tun konnte – wie er und Sophia sich zusammengeschlossen hatten, um den Schulleiter fertigzumachen.

Ich ging auf sie zu, als sie mich mit großen Augen anblickte. Tränen liefen ihr die Wange hinunter.

»Hey, kann ich kurz mit dir sprechen?«, fragte ich sie sanft.

Sie nickte und schickte ihre Freundin weg.

Schließlich waren wir allein auf dem Schulflur.

»Ich sollte mich bei dir entschuldigen«, sagte ich, »Ich war ein Arschloch zu dir und hätte dich nicht bis zum Schülerzeitungstreffen verfolgen sollen.«

»Es war demütigend«, weinte sie.

»Ich weiß, und es tut mir unfassbar leid.«

Sie nickte. »Ist schon gut. Was möchtest du?«

»Ich möchte für dich da sein«, sagte ich. »Du musst gerade ziemlich viel durchmachen.«

Sie wischte sich die Tränen weg, bevor sie schließlich sagte: »Kevin war ein toller Freund. Ich wusste nicht, dass er diese Seite hat.«

»Aber ich wusste es«, sagte ich schließlich.

»Ich hätte auf dich hören sollen…«

»Ist schon gut, Emma«, hauchte ich. »Ich bin für dich da.«

Ich umarmte sie fest. Es war eine Umarmung voller Geborgenheit, die ich ihr bot. Ich meinte es wirklich gut mit ihr. Sie musste die Wahrheit erfahren.

»Warum hast du Kevin so sehr gehasst?«, fragte sie schließlich.

»Er hat mich zwei Jahre lang gemobbt. Mit seinen Freunden auf dem Spielplatz.«

»Es tut mir so leid, Florian«, sagte sie daraufhin.

»Es muss dir nicht leidtun«, erwiderte ich.

»Du bist wirklich ein sehr guter Freund.«

Mein Lächeln war warm. »Ich bin immer da für dich, wenn du etwas brauchst.«

56

»Und wie klappt es zwischen dir und Emma?«, fragte Herr Reinsch amüsiert.

Ich war erneut bei ihm und Tina zu Hause. Wir lachten zusammen, als ich ihnen erzählte, dass ich Emma nähergekommen war. Sie freuten sich beide für mich. Wir tranken Tee und besprachen unsere Pläne. Es war noch nicht vollendet. Wir mussten wieder an dem Punkt ankommen, an dem wir ganz am Anfang des Schuljahres waren: auf Null.

Keine schlechten Eindrücke mehr von Herrn Reinsch. Die Wahrheit musste ans Licht kommen. Und dazu brauchten wir Emma. Sie war so wichtig für uns.

»Nun, ich finde es sehr bedenklich, dass Emma mit ihrer Schülerzeitung so viel Groll gegen mich hegt, aber noch nichts gegen Sophia und Marlon geschrieben hat.«

»Du hast recht. Diese einseitige Berichterstattung ist sehr problematisch«, stimmte Tina zu.

»Ja, so sind die Schüler eben. Sie schützen sich gegenseitig, egal wie schief die Dinge laufen«, sagte ich.

»Wir haben es bald geschafft. Emma kommt langsam der Wahrheit einen Schritt näher. Du wirst sie dazu bringen, einen Artikel gegen Sophia und Marlon zu schreiben und sich von ihrer Kritik zu distanzieren«, sagte

Herr Reinsch.

»Mit Vergnügen.«

»Gut«, fuhr er fort, »In einer Woche ist der Ball. Dieser soll mein Engagement für die Schülerschaft hervorheben, die unsere Unruhestifter entwürdigt hat. Wir besprechen dann weitere schulpolitische Dinge.«

57

In der heutigen Schülervertretungsstunde sprachen wir über die neuesten Ereignisse: den Abschlussball. Es sollte ein Maskenball werden, der in einer Woche stattfinden würde. Schließlich wandte ich mich an die Gruppe.

»Wir haben ein kleines Problem«, sagte ich. »Frau Lee ist leider krank und hat eine Mandelentzündung. Es ist unwahrscheinlich, dass sie mithilft. Eine Lehrkraft muss einspringen.«

Unsere Blicke richteten sich auf Herrn Berger, als dieser anfing zu lachen: »Nein, es tut mir leid, aber ich habe an dem Abend etwas zu tun. Sucht euch bitte eine andere Lehrkraft. Es gibt doch so viele.«

»Aber Sie leiten die Schülervertretung«, wandte Emma ein. »Kommen Sie schon. Tun Sie es für uns.«

»Ihr werdet schon eine andere Lehrkraft finden«, sagte er. »Florian, gibt es noch etwas, was wir besprechen sollten?«

»Ja«, sagte ich, während sich mein Blick kurz auf Emma richtete. Ich lächelte sie an.

»Der Vorfall mit dem Graffiti hat unsere Schule in Schockstarre versetzt – sowohl die Schüler als auch die Lehrer«, erklärte ich. »Wir als Schülerschaft fordern Transparenz, und dies sollte sich auch in der Schülerzeitung widerspiegeln.«

Ich blickte die anderen Schüler an. Aus dem Augenwinkel sah ich, wie

Emmas Mund leicht geöffnet war.

Herr Bergers Blick verdunkelte sich.

»Natürlich war die Sache mit der Urkundenfälschung äußerst problematisch, aber Sophias und Kevins Taten können nicht entschuldigt und nicht mit Herrn Reinschs Taten ins Verhältnis gesetzt werden«, meinte ich. »Aber was noch wichtiger ist: Herr Reinsch ist für uns da. Er sorgt für eine gute Bildung und Gerechtigkeit für alle.«

Herr Berger runzelte die Stirn. Schließlich erhellte sich sein Blick für einen Moment, als er sich meldete.

»Ja, Herr Berger?«

»Ich habe doch noch Zeit, bei der Organisation der Party mitzuhelfen. Ich könnte die Wahlen für den Ballkönig und die Ballkönigin organisieren.«

»Sehr gut!«

58

»Du hast es schon angedeutet«, sagte Emma.

Nach der Schülervertretungsstunde wollte ich mit ihr allein sprechen. Es ging um die Artikel, die ich in der Stunde angesprochen hatte.

Vor ein paar Wochen noch frech und zornig, war sie nun süß und zärtlich zu mir. Sie stand brav und anmutig vor mir mit diesen strahlenden Augen.

»Was genau möchtest du mit mir besprechen, Florian?«

»Es geht um die Artikel, die du geschrieben hast«, erklärte ich sanft. »Die Berichterstattung ist sehr einseitig.«

Emma runzelte die Stirn und blickte mich fragend an: »Einseitig? Wie meinst du das?«

»Du berichtest über die Urkundenfälschung von Herrn Reinsch, was natürlich völlig legitim ist, aber nicht über das Verbrechen von Kevin und Sophia.«

»Ich—«

Sie erstarrte, und ihre Unsicherheit war ihr ins Gesicht geschrieben.

»Gibt es einen Grund für diese Doppelmoral, die du verfolgst, hm?«

Der Tonfall war sanft, aber die Worte scharf wie Messer.

»Es sind meine Freunde gewesen«, erwiderte Emma zitternd. »Ich kann nicht negativ über sie berichten.«

»Es waren Personen, die dir etwas vorgespielt haben«, sagte ich. »Herr

Reinsch hat dir vielleicht mit der Schulordnung auch etwas vorgespielt, aber er hat nicht gegen andere Personen gehetzt. Er meint es gut mit uns allen, Emma.«

»Ich … es—«

Emma versuchte, die richtigen Worte zu finden. Ich wusste, dass sie trotz ihrer sonst so selbstsicheren Ausstrahlung ihre unbeholfenen Momente hatte. Momente, die sie verletzlich und angreifbar machten.

Nun stand sie hier vor mir: schwach und stotternd.

Es tat mir weh, dieses Gefühlschaos in ihr auszulösen, aber es war das Richtige. Ich tat das Richtige, um sie zu schützen, auch wenn sie es nicht verstehen würde.

In der Redaktion der Schülerzeitung zu sein, war viel Verantwortung, und sie wollte einen guten Job leisten. Sie war in der Vergangenheit unsicher gewesen, doch ich hatte sie immer für ihre Arbeit und ihren Beitrag in der Schülerzeitung gelobt.

Nun musste ich ihr dieses Lob einmal entziehen.

Ich bohrte meinen Blick tief in ihre Augen.

»Eine professionelle Journalistin sollte in ihren Berichterstattungen immer objektiv bleiben und keine persönliche Meinung mit einfließen lassen.«

»Du hast recht«, sagte Emma. »Ich werde einen Artikel über den Vorfall schreiben müssen.«

»Du triffst die richtige Entscheidung, Emma«, versicherte ich ihr.

»Ich verstehe schon«, flüsterte sie, während sich die ersten Tränen ihren Weg aus ihren Augen bahnten. »Es ist nur alles so viel für mich.«

»Ich weiß«, beruhigte ich sie.

Ich ging von hinten auf sie zu und griff nach ihren Armen, bevor sie schließlich laut anfing zu atmen: »Du musst dich wirklich entspannen. Ich habe eine perfekte Idee.«

»Ach ja? Und die wäre?«

»Komm mit mir auf den Abschlussball.«

Sie zögerte, bevor ich weiter überredete: »Komm schon, das wird lustig.«

Ich lachte, während ihre Mundwinkel sich langsam nach oben zogen. »Vielleicht könnte ich das wirklich gerade gebrauchen. Ja, ich möchte mit dir auf den Abschlussball.«

59

DIE KUNST DER JUGENDLICHEN REBELLION

Vor einer Woche, in der Nacht von Mittwoch auf Donnerstag, sprühten ein oder mehrere Teenager Graffiti auf das Schulgelände. Dabei hetzten sie gegen unseren Schulleiter Theo Reinsch.

Mit Vorwürfen wie »Herr Reinsch ist ein Lügner« und auch allgemeiner Hassrede wie »Fickt das Gymnasium am Sonnenfeld« und »Fickt das ganze Schulpersonal« machten sie auf sich aufmerksam.

Es wird spekuliert, dass der Grund für diese Rebellion der vergangene Skandal ist, den Herr Reinsch verursacht hatte.

Nun hat sich herausgestellt, dass die beiden Schüler Kevin T. (15) und Sophia D. (18) dafür verantwortlich sind.

Sie verließen als Letztes das Schulgelände, und man fand Graffitidosen bei ihnen.

Momentan sitzen sie für ihre Tat in Untersuchungshaft. Sie werden einige Zeit dort verbringen müssen.

Emma gehorchte mir.

Es war ein bestätigendes Gefühl, das mich überkam, während ich ihren großartigen Artikel gegen Kevin und Sophia las.

Es war ein toller Artikel, ein Baustein, der zum nächsten führte und langsam eine neue Ordnung des Schulrufs herbeiführte. Der Grundstein für die Aufrechterhaltung unserer Prinzipien von Gerechtigkeit und Wahrheit.

Herr Berger würde stolz auf Emma sein, dass sie diesen Schritt gemacht hatte und sich dagegen entschied, für die Schüler einzutreten. Die Schüler standen nicht im Recht. Das taten sie nie.

Kevin war ein Mobber. Einer von vielen an unserer Schule, und genauso wie er beseitigt wurde, sollten auch andere beseitigt werden. Dies wäre unser Beitrag dazu, die unprivilegierten Menschen über die Machenschaften von Sophia und Marlon, die Oberschicht, aufzuklären.

Ich wusste, dass Emma mir im Moment stärker zugeneigt war als Kevin. Das musste ich ausnutzen. Und als sie mir für den Abschlussball zusagte, fühlte ich mich zutiefst bestätigt. Es war wunderbar.

Ich wusste, dass es nur noch zwei Dinge gab, die Emma für mich tun musste.

Sie musste gut über die Party schreiben und den Ruf des Direktors wiederherstellen.

Und sie musste die inszenierten Beweise löschen, damit der Schulleiter keiner Last mehr ausgesetzt war.

60

»Ich bin beeindruckt, Florian«, sagte Herr Reinsch amüsiert.

Ich befand mich in seinem Büro, unter dem Vorwand, organisatorische Dinge für die Vorbereitung des Abschlussballs zu besprechen. »Emma hat einen hervorragenden Artikel geschrieben, der die Wahrheit gut beleuchtet. Das habt ihr beide gut gemacht!«

Ich nickte: »Danke schön. Ich bin ihre Begleitung auf dem Abschlussball.«

Herr Reinsch staunte. »Wow! Du wirst es mit ihr sogar auf dem Abschlussball schaffen. Das ist toll!«

»Ich freue mich sehr«, erwiderte ich schmunzelnd. »Wie sieht der Plan aus für den Ball?«

»Amüsiere dich die ersten Stunden mit Emma«, sagte er. »Ihr beide werdet erstmal euren Spaß haben, bevor es zum Wesentlichen kommt.«

»Sprechen Sie von den Berichterstattungen und den Beweisen?«, fragte ich ernst.

»Genau, die meine ich«, antwortete er. »Den Schlüssel zum Computerraum, in dem das Schülerzeitungsteam regelmäßig arbeitet, hast du, oder?«

Ich schüttelte den Kopf. »Nein, ich habe nur den vom Schülervertretungsraum.«

Er suchte in seinen Fächern, bevor er mir den Schlüssel übergab.

»Bitte schön.«

»Was soll ich damit?«

»Emma wird in jener Nacht die Beweise gegen mich löschen. Ich gehe davon aus, dass sie sie auf ihrem Laptop gespeichert hat.«

Mich überkamen Zweifel. Das Ganze wirkte so erzwungen. »Was ist, wenn sie sich weigert?«

Herr Reinschs eindringliche Miene verfestigte sich. »Du musst ihr klarmachen, was auf dem Spiel steht, wenn sie das nicht tut.«

»Was steht denn auf dem Spiel?«, fragte ich nachdrücklich.

»Das wirst du schon sehen.«

61

Ich war so aufgeregt, als ich Emma von zu Hause abholte. Ich würde sie für diese Nacht – für diese eine Nacht – zu meiner Abschlussballkönigin küren. Ich kaufte ihr wunderschöne Rosen, deren Anblick sie tagelang begleiten würde. Als ich an ihrer Tür klingelte, öffnete mir ihre Mutter.

»Wow«, staunte sie, als sie mich in meinem Anzug mit den Rosen sah. »Emma, dein Begleiter ist da.«

»Einen Moment noch. Ich komme gleich«, rief sie von oben.

»Lass dir Zeit«, rief ich zurück.

Ihre Mutter ließ mich rein, und ich wartete vor der Treppe.

Sie war hier. Sie trug dezentes Make-up mit rotem Blush, ein bisschen Wimperntusche und leicht pinken Lippenstift.

Ihr Kleid war sehr schlicht und babypink. Es war ein langes Kleid, das bis zu ihren Füßen ging. Ihre sonst hellblonden, glatten Haare waren wellig.

Gott, war sie hübsch.

Sie ging die Treppen hinunter und strahlte mit diesem Lächeln: »Hallo, Florian«, begrüßte sie mich.

Sie sah aus wie ein Engel.

»Tut mir leid, ich habe mich—«

Ich nahm wahr, dass sie etwas sagte, doch ich konnte nicht wahrnehmen, was. Dieses Mädchen raubte mir regelrecht den Atem.

»Du siehst wunderschön aus, Emma«, kam es aus mir.

»Danke schön«, entgegnete sie.

Ich reichte ihr die Rosen: »Die sind für dich«, flüsterte ich.

Trotz ihres Blushs erkannte man die Röte in ihrem Gesicht.

»Die sind bezaubernd!«

Sie war so selbstbewusst. So stark.

Trotzdem hatte sie diese Unschuld.

Dieselbe Unschuld, die ich am Anfang des Schuljahres noch besaß, bevor sie mir geraubt wurde. Ich sah es in ihren Augen, die mich so erwartungsvoll anstarrten. In ihren Augen sah ich die Einladung dafür, dass ich ihr heute den Spaß ihres Lebens bieten konnte.

Ich blickte auf meine Armbanduhr.

20:45 Uhr.

»Der Einlass hat schon vor fünfundvierzig Minuten begonnen. Wollen wir?«, fragte ich sanft.

»Natürlich.«

62

Wir nahmen zusammen ein Taxi, während uns die Leute von draußen anstarrten.

Das sollten sie auch. Jeder sollte wissen, dass Emma mir gehörte. Sie gehörte nur mir, niemand anderem.

Nicht einmal Kevin. Sie hatte sowieso etwas Besseres verdient. Nun war sie in meinen Händen, nicht in denen meines Mobbers. Das sollte jeder wissen, auch Emma. Diese Veränderung war zu ihrem Besten. Die anderen mögen vielleicht empört sein und glauben, sie gehörte zu Kevin. Aber mit dem, was ich wusste, war sie bei mir besser aufgehoben. Solch ein Wandel musste für Emma nicht schmerzhaft oder belastend sein, sondern entzückend und verführerisch. Sie würde es nicht bereuen, mich gewählt zu haben. Und das würde ich ihr in dieser Nacht beweisen.

Wir traten schließlich in den Saal. Seite an Seite, Hand in Hand. Ich war stolz darauf, das hübscheste Mädchen auf der ganzen Welt an meiner Seite zu haben, und das würde ich ihr an diesem Abend verdammt noch mal klarmachen.

Wir hatten die Eröffnungsrede von Herrn Reinsch verpasst, doch schließlich gingen wir auf die Tanzfläche und sie zeigte mir, was sie drauf hatte.

Ich mochte es, Emma zu berühren, auch wenn sie gelegentlich zusammenzuckte. Sie war so klein und süß in meinen Augen.

Wie sie vor mir stand und ihren hübschen Körper bewegte. Ich wollte sie von hinten umarmen und mich an sie schmiegen.

Doch jedes Mal, wenn ich das tat, zuckte sie zusammen. Es erschreckte sie. Ich sah nur ihren wunderschönen Rücken mit diesen welligen Haaren, aber ihr Schock und ihre Unbeholfenheit waren deutlich.

Ich wusste jedoch, dass sie sich daran gewöhnen musste. Sie musste sich daran gewöhnen, wie ich mit ihr umging. Schon bald würde es ihr gefallen.

Sie hätte etwas dagegen einwenden können, aber sie sagte nur: »Ich dachte, wir gehen als Freunde.«

»Das tun wir doch auch«, log ich sie an.

»Warum berührst du mich so leidenschaftlich?«, wimmerte sie.

»Es ist doch nur ein Experiment«, versicherte ich. »Dürfen zwei Freunde nicht etwas Verlockendes ausprobieren?«

Sie gab sich mir völlig hin, aber nicht, weil es ihr gefiel. Noch nicht.

Es wirkte, als wäre sie mir ausgeliefert, als könnte sie in dieser Situation nichts dagegen tun.

»Komm schon. Tief im Inneren gefällt es dir.«

Gänsehaut breitete sich bald an ihren Armen aus und ihr Atem beschleunigte sich. Ich tanzte mit ihr. Sie legte ihre Arme um meine Schultern, während meine Hände an ihre Taille wanderten.

Sie kniff ihre Augen zusammen. Ihre Bewegungen fühlten sich nicht mehr locker an, sondern mechanisch. Es machte keinen Spaß, wenn sie sich so benahm. Sie wollte sich von mir loslösen, aber ich band sie mit sanftem Druck an mich.

»Dir ist nicht bewusst, wie viel du mir als Freundin bedeutest«, flüsterte ich in ihr Ohr. »Haben dir die Rosen wirklich als Geschenk gefallen?«

»Ja, das haben sie«, antwortete sie trüb.

Sie war so gelähmt, dass ich jetzt zum Wesentlichen kommen konnte.

»Ich habe noch ein Geschenk für dich«, sagte ich.

Ich nahm ihre Hand und führte sie aus der Aula. Ich rannte, während sie unsicher anfing zu lachen.

»Ach ja? Was für eins hast du denn?«

Wenn du nur wüsstest.

»Das wirst du gleich sehen. Folge mir einfach!«

Sie rannte mir hinterher, während sie meine Hand hielt. Wir waren wie zwei abenteuerlustige Teenager, die während eines Schulballs die verlassenen Gänge und Räume erkundeten.

Schließlich standen wir vor dem Computerraum. Ich zog den Schlüssel aus meiner Tasche und schloss den Raum auf.

»Woher hast du den?«, fragte Emma verwundert.

»Erkläre ich dir gleich, komm rein«, antwortete ich.

Sie ging langsam in den Raum und schaute sich um, während ich das Licht einschaltete.

»Genau in diesem Raum besprechen wir immer unsere Artikel für die Schülerzeitung.«

Ich machte die Tür hinter mir zu und stand ihr gegenüber.

Ich fuhr mit beiden Händen über ihre Arme, während sie regelrecht vor mir erstarrte, mit einem unbeholfenen Lächeln.

»Wo ist mein Geschenk?«, fragte sie höflich, aber leicht irritiert.

»Dazu kommen wir gleich. Aber ich wollte erstmal etwas mit dir besprechen. Es ist etwas Ernstes.«

»Florian, es belastet mich alles so sehr. Du hast mir versprochen, dass wir diese Nacht nur Spaß haben werden«, beharrte sie.

Sie biss sich auf ihre Lippe, ihr Körper immer noch angespannt.

»Hey«, sagte ich sanft, »Es ist nur ein kleiner Gefallen, den du mir tun musst, mehr nicht.«

»Das möchte ich aber hoffen«, sagte Emma schließlich. »Nun, sag es mir: Was soll ich dir für einen Gefallen tun?«

Sie stand da, voller Unbehagen und Ungeduld. Ich wusste nicht, wie ich sie am besten dazu brachte, mir zu gehorchen.

»Es sollte unter uns bleiben. Bitte versprich mir, dass du es niemandem erzählen wirst.«

Emma schüttelte den Kopf. »Ich werde es niemandem erzählen.«

»Gut«, sagte ich, bevor ich aus meiner Hosentasche ein paar Briefe holte.

»Nur die höhere Schülerschaft und das Lehrpersonal wissen von den Morddrohungen, die Sophia und Kevin geschickt haben«, erklärte ich ihr zart. »Wir wollten nicht, dass die Sicherheit und der Ruf der Schule gefährdet werden, wenn es sich rumspricht. Auf der Schule soll sich jeder wohlfühlen, du eingeschlossen.«

Sie nahm die Briefe und las sie vor:

»Hallo Herr Reinsch,

Sie denken, Sie können sich hinter Ihrem Geld, Ihrem Einfluss oder Ihrer Macht verstecken? Da irren Sie sich gewaltig! Wir wissen, was Sie getan haben und worin Sie verwickelt sind. Bestechung, die Fälschung einer Schulsprecherwahl und die Fälschung der Bevollmächtigungsklausel in der Schulordnung.

Wir wissen alles und wir hassen Sie. Dennoch sind Sie immer noch hier und befinden sich an der Spitze der Hierarchie. Doch wenn Sie nicht verschwinden, kann ich alles zum Einsturz bringen. Ich werde Sie umbringen für das, was Sie getan haben. Wir haben geschrien, aber nun sind Sie dran zu schreien.«

Schließlich nahm sie den nächsten:

»Hallo Herr Reinsch,

Sie haben mir nicht auf meine letzte Nachricht geantwortet. Es sieht so aus, als ob Sie diese nicht ernst genommen haben. Oder haben Sie vielleicht Angst gehabt? Der Grund ist egal, denn es wird schlimmer mit jedem Mal, wenn Sie es verdrängen. Wenn man etwas verdrängt, explodiert es mit der Zeit später gewaltig. So wird es das auch tun. Verschwinden Sie hier oder wir werden Sie umbringen!«

Emma blickte erschrocken auf die Zettel. Ihre Augen weiteten sich, und sie hielt ihre Hand vor den Mund.

»Das kann nicht sein«, sagte sie heiser. »Ich hätte niemals gedacht, dass sie…«

»Du kanntest Sophia nicht«, murmelte ich. »Sie ist zwei Jahrgänge über uns. Kevin kanntest du auch nicht, aber er hat mich jahrelang gemobbt. Er ist zu so etwas fähig.«

Emma schluchzte. Sie tat mir leid, aber sie musste es hören. Sie musste wissen, dass Sophia und Kevin die abscheulichsten Taten begangen hatten (auch wenn sie nur inszeniert worden waren). Ich mochte es nicht, das zu tun, aber nur auf diese Weise konnte ich die Aufrechterhaltung der kapitalistischen Obermacht durch Marlon von Reventlow verhindern.

»Halt mich fest!«, flüsterte Emma, als ich sie in den Arm nahm. Es war toll, sie endlich – langsam, aber sicher – von mir überzeugen zu können, obwohl ich natürlichere Wege bevorzugt hätte (die sie ganz klar ablehnte).

Sie fühlte sich so warm an in meinen Armen. So weich, so zart, so sanft. Ganz im Gegenteil zu meiner besitzergreifenden Haltung.

»Ich möchte dich vor diesen Kriminellen schützen«, flüsterte ich. »Beide haben das geplant. Sophia ist jeden Mittwoch gegen achtzehn Uhr in der Oberstufe und lernt für Ethik.«

Emma ließ mich los. Unsere Augen bohrten sich tief ineinander. Sie hielt mich an den Schultern fest, ihre Lippen schrien förmlich nach einem Kuss. Ich wollte nicht lügen, aber ich musste es tun.

Ich biss auf meine Lippe, bevor ich mein Gesicht ihrem näherte. Meine Augen schlossen sich, und meine Lippen waren kurz davor, ihr den Kuss zu geben, nach dem sie sich so sehr sehnte.

Doch sie wich aus. »Dafür bin ich nicht bereit, Florian.«

»Ist es wegen Kevin?«

»Ich habe ihn falsch eingeschätzt. Er ist gerade im Gefängnis.«

»Emma, hör mal«, wisperte ich. »Mit all dem möchte ich auf etwas hinaus. Etwas, das unsere Probleme für immer lösen könnte.«

»Und das wäre?«

»Ich möchte dich bitten, die Beweise gegen Herrn Reinsch zu löschen.«

»Die Morddrohungen waren keinesfalls in Ordnung, aber es gibt handfeste Beweise für die skurrile Art, wie er verwaltet.«

»Er ist nicht stolz darauf. Aber er ist interessiert und fördert unsere Gemeinschaft. Deswegen findet heute zum Beispiel dieser Ball statt.«

Emma begann zu schlucken, bevor sie Einwände erheben konnte. »Aber er…«

»Die Beweise stammen von früher. Herr Reinsch hat sich aber verändert. Jeder Mensch verdient eine zweite Chance.«

»Du hast recht«, stellte sie fest. »Ich werde sie morgen löschen.«

»Wir sind doch jetzt hier, Emma«, sagte ich. »Wir beide tun etwas Gutes. Wir wären ein tolles Team. Du, die Redaktion der Schülerzeitung, und ich, der Schulsprecher.«

»Das klingt verlockend«, sagte sie und schmunzelte leicht.

»In der Tat«, meinte ich. »Herr Reinsch hat uns ebenfalls eine bessere Zusammenarbeit versprochen.«

»Wow«, sagte sie. »Dann sollte ich jetzt wirklich damit anfangen.«

Sie schaltete den PC ein und loggte sich bei ihrem Cloudspeicher ein, wo sie viele wichtige Daten gespeichert hatte. Plötzlich stoppte sie und schloss den Tab. »Was ist denn?«, fragte ich ungeduldig.

Sie begann, laut zu atmen.

»Woher wusstest du das mit Sophia?«, fragte sie schließlich.

»Woher weiß ich was?«

»Woher wusstest du genau, wann sie sich im Oberstufenraum aufhält? Und dass sie Ethik gelernt hat?«

Ihr Atem beschleunigte sich, während sie mich mit weit aufgerissenen Augen anblickte. Ich konnte nicht anders, als sie für einen Moment zu mustern.

»Sag schon, woher weißt du das?«, zischte sie.

»Ich…«

»Du hast es getan«, stellte sie leise fest. »Du hast das Graffiti an die Wand gesprüht und es Sophia und Kevin angehängt.«

»Das ist nicht wahr«, dementierte ich.

Sie stand auf und entfernte sich langsam von mir, während ich ihr näher kam.

»Doch, das ist es«, erwiderte sie. »Ich hätte es schon bemerken sollen, nachdem du mich verfolgt hast und versucht hast, mich dazu zu bringen, die Beweise von Herrn Reinsch zu löschen.«

»Beruhige dich.«

»Du hast sie mir entzogen! DU HAST MIR MEINE FREUNDE ENTZOGEN!«

»Es ist nur zu deinem Schutz.«

»DU KONTROLLIERST MICH!«

»Emma, komm runter. Beruhige dich.«

Emmas sonst so reiner Gesichtsausdruck verwandelte sich in Wut.

»HERR REINSCH HAT DIR DAS GEHIRN GEWASCHEN!«

Ich lachte. »Wovon redest du?«

»Er hat dich dazu beauftragt, und du hast daraus einen Vorteil gezogen, weil es dir um Rache geht und darum, mich zu besitzen.«

»Emma, merkst du nicht, dass Sophia dich genauso benutzt, wie sie mich benutzt hat?«

»Das Einzige, das ich merke, ist, dass du dich VERDAMMT NOCHMAL VERÄNDERT HAST!«

Ich starrte sie an und bedauerte, dass sie nicht mit mir dieselbe Meinung teilte. Sie starrte mich an, als wäre ich ein Monster.

»Du bist ein Verbrecher, Florian. DU BIST EIN EKELHAFTER VERBRECHER!«

Sie wollte hinausrennen, doch ich zog sie zurück, sodass sie auf ihren Hinterkopf fiel und ein schmerzhaftes Stöhnen ausstieß. Schließlich nahm ich ihr Handy. Ihre Atemzüge waren unüberhörbar, und ich sah, wie sie aufstand. Sie rannte mit schnellen Schritten auf die Tür zu. Ich lief ihr hinterher, schaltete die Lichter im Computerraum aus und verriegelte anschließend die Tür.

»FLORIAN, WAS MACHST DU DA? LASS MICH SOFORT HIER RAUS!«

Ich musste sie davon abhalten, zur Polizei zu gehen. Sie klopfte gewaltsam gegen die Tür: »LASS MICH HIER SOFORT RAUS! DAS KANNST DU NICHT MACHEN!«

»Du entkommst mir nicht«, erwiderte ich scharf.

Ich schloss die Tür, während sie kreischend gegen sie klopfte. Ich sperrte sie nicht gerne ein, aber ich hatte keine andere Wahl. Sie war eine Gefahr für uns, und die Ungerechtigkeiten würden sich weiter ausbreiten. Emma hatte sich mir widersetzt. Wenn ich sie freilassen würde, würde sie die Konsequenzen für ihr Handeln spüren – oder besser gesagt: die Konsequenzen für ihr Nichthandeln. Ich tippte die Nummer von Tina Reinsch in mein Smartphone. Ich hatte Angst, ihr zu sagen, dass Emma herausgefunden hatte, wer die Graffitis gesprüht hatte.

Denn es war mein Fehler. Es war meine Schuld. Ich musste sie zufriedenstellen. Schließlich ging sie ran.

»Ja?«

»Emma ist gerade im Computerraum eingesperrt. Sie weigert sich, die Beweise zu löschen, und hat herausgefunden, dass wir hinter der Sachbeschädigung stecken. Ich werde sie im Raum lassen…«

»Du hast sie eingesperrt?«, fragte Tina empört.

»Sie hat mir keine andere Wahl gelassen«, erwiderte ich gleichgültig.

»Florian, ich möchte heute Abend meinen Spaß haben. Ich rufe meinen Bruder an. Er müsste gerade im Büro sein und an ihrer Rede schreiben. Solange passe ich auf Emma auf. Mein Bruder sollte in fünf Minuten da sein. Klärt das untereinander. Ich möchte meinen Spaß haben und in Ruhe gelassen werden!«

»Geht klar.« Tina legte auf und kam zu mir.

»Ich werde sie schon dazu bringen, mir die Beweise zu liefern. Hast du ihr Handy?«

Ich nickte und übergab es Tina.

63

Ein paar Minuten später kam Herr Reinsch mit wütenden Schritten auf mich zu und zog mich in einen anderen Raum. Dieses Mal hatte ich Angst vor ihm. Ich hatte große Angst davor, was er mit mir anstellen würde.

Ich überreichte ihm die Schlüssel für die Computerräume.

Er führte mich in den gegenüberliegenden Raum und schloss die Tür von innen ab.

»Sag mir, wie sie es herausgefunden hat!«, befahl er mir, während ich mich hinsetzte und ihn anblickte.

»Es tut mir leid…«

»Sag. Es. Mir.«

»Ich habe mich selbst verraten«, gab ich schließlich zu und blickte beschämt zu Boden.

Er sah auf seine Armbanduhr und meinte dann: »In zwei Stunden werde ich meine Dankesrede halten, danach wird der Ballkönig und die Ballkönigin festgelegt. Es war alles gut, bis du es ruiniert hast.«

»Es tut mir leid…«

»Erspar dir deine Entschuldigungen«, seufzte er.

Dann zog er einen roten Bleistift hervor, dessen Mine so spitz war wie ein Messer.

»Ich habe gerade an meiner Schlussrede für den Abschlussball geschrieben – mit diesem Bleistift, bevor meine Tochter mich wegen dir angerufen hat«, sagte er unbeirrt.

Er stach sich den Bleistift in den Arm, und Blut quoll heraus. Ich erschrak für einen Moment.

»Tut mir leid. Das ist eine Angewohnheit von mir.«

Er ließ den Stift fallen und funkelte mich eindringlich an. »Ich hätte nicht ausrasten dürfen. Das kann mal passieren«, murmelte er schließlich. »Es tut mir leid.«

»Ist schon gut«, sagte ich und starrte auf den gefallenen Bleistift, dessen Mine nun auf mich gerichtet war.

»Weißt du, Florian, Emma ist das Problem, nicht du.«

Mein Blick wanderte zu ihm, und ich starrte ihn mit offenem Mund an.

»Du hast ihr oft klargemacht, wie falsch die Taten von Sophia und Kevin waren. Dass ich für Gerechtigkeit sorge.«

Er fuhr sich durch sein Haar und reckte dabei den Hals.

»Aber sie möchte das nicht hören. Sie ist nicht für dich da. Ich glaube, sie mag dich nicht mal.«

Ich sank zu Boden, nahm den Bleistift in die Hand und blickte Herrn Reinsch voller Furcht an.

»Sie hat immer noch Gefühle für Kevin, nicht wahr?«, fragte er.

»Ja«, erwiderte ich kühl.

»Emma tut das Falsche. Sie vertritt die falschen Interessen, ganz klar. Sie tut das Ungerechte, und das muss bestraft werden.«

Ich umklammerte den Bleistift, und ein merkwürdiges Gefühl überkam mich. Ein Gefühl, Emma zu bestrafen. Ich wollte ihr zeigen, wie sehr ich darunter litt. Wie sehr sie zu dieser ungerechten Schulkultur beitrug. Ich wollte, dass sie kreischte. Ich wollte, dass ihre Augen zusammengekniffen waren und ihr Mund vor Schock weit offen.

»Der Plan lautet wie folgt«, sagte er. »Du wirst auf Emma aufpassen, und ich werde nach meiner Dankesrede noch ein bisschen mit ihr plaudern. Verstanden?«

»Verstanden.«

Herr Reinsch übergab mir die Schlüssel zum Computerraum, und ich begab mich zu dem Raum, in dem Emma sich befand. Ich blickte durchs Schlüsselloch. Emma saß ganz hinten, weinend in der Ecke. Ich trat ein, den Bleistift fest in der Hand.

64

Sophia

Ich war immer noch im Gefängnis, seit etwa drei Wochen. Es war halb zwölf, und aus irgendeinem Grund konnte ich nicht schlafen. Ich konnte nicht sagen, warum, aber ich war hellwach. Ich beobachtete ständig meine Umgebung, weil ich so viel Angst hatte. In den letzten Wochen waren so viele unerwartete Dinge passiert, und ich fürchtete, dass es noch schlimmer werden würde.

Jeden Tag meines Lebens machte ich mir Sorgen, ob ich überhaupt jemals wieder hier herauskäme. Jeden Tag fragte ich mich auch, was die anderen von mir hielten. Selbst wenn ich hier rauskäme, hätte ich alles verloren: das Vertrauen meiner Mutter und die Zuneigung von Marlon. Ich sehnte mich jeden Tag nach ihm. Nach einem Kuss. Nach einer sanften Bestätigung, dass alles gut werden würde. Ich starrte gedankenverloren auf die Decke, als plötzlich ein Polizist in meine Zelle trat.

»Frau Beck, heute scheint Ihr Glückstag zu sein.«

»Wie bitte?«, fragte ich irritiert.

»Sie wurden soeben entlastet«, verkündete er.

»Entlastet? Was?«

»Ihre Unschuld an dem Verbrechen wurde bewiesen.«

»Wer hat mich entlastet?«

»Eine Freundin von Ihnen.«

»Emma?«

»Das werden Sie sehen.«

Ich wurde in den Verhörraum geschickt, in dem ich mit der Person sprechen durfte, ohne Trennwände oder Telefone dazwischen. Doch die Person, die vor mir stand, war die, die ich am wenigsten erwartet hatte. Sie trug ein wunderschönes violettes Ballkleid, ihre braunen, glatten Haare waren mit einem schwarzen Haarreif zurückgezogen. Ihre Lippen glänzten in braunem Lipgloss und ein Kajalstrich umrahmte ihre Augen. Sie sah umwerfend aus.

»Tina? Was machst du hier?«, fragte ich geschockt.

»Ich habe dir einiges zu erzählen«, antwortete sie ernst.

»Ich dachte, du wärst auf der Seite deines Bruders?«

»Ja, das war ich.«

»Was hat dich dazu gebracht, diese Entscheidung zu überdenken?«, fragte ich schließlich.

Tina seufzte tief. »Mein Bruder und ich hatten es nicht immer leicht miteinander. Das Verhältnis wurde nach dem Tod unserer Eltern immer schwieriger. Sie starben bei einem Autounfall, und mein Bruder übernahm die Vormundschaft für mich, bis jetzt. Ich bin inzwischen achtzehn Jahre alt, aber er will sich immer noch in jeden Aspekt meines Lebens einmischen.«

»Das tut mir leid«, erwiderte ich. »Theo hat mich in seine Abhängigkeit gezogen, als er die Entscheidung traf, Schulleiter zu werden, ohne dass ich es merkte. Wenn wir stritten, machte er mir ein schlechtes Gewissen und appellierte an meine Dankbarkeit.«

Ich hörte ihr zu und bewunderte sie.

»Ich liebte Marlon von ganzem Herzen«, fuhr sie fort. »Aber meinem

Bruder ging es nur um Geld und seine eigenen Interessen. Er hat es auf mich projiziert, und irgendwann habe ich seine Denkweise übernommen.«

»Du sprichst sehr reflektiert, Tina«, bemerkte ich.

»Ja, weil ich sehe, dass er genau das Gleiche mit Florian macht. Ich kann es mir nicht länger ansehen.«

»Dann war es wirklich ihr Plan, Kevin und mich ins Gefängnis zu bringen, damit wir schweigen.«

»Genau«, antwortete sie. »Mein Bruder schüttete K.-o.-Tropfen in dein Wasser, und ich sollte die Flaschen austauschen.«

K.-o.-Tropfen?

Das erklärte, warum ich eingeschlafen war. Das erklärte, warum ich mich an nichts erinnern konnte.

»Du hast immer eine Wasserflasche von der Kronwiesenthaler Quelle gekauft. Ich tat das ebenfalls. Du hast es nicht bemerkt.«

»Oh, Gott«, entfuhr es mir, als ich tief einatmete.

»Wusstest du davon?«

»Nein, davon wusste ich nichts«, entgegnete Tina. »Er hat mich beauftragt, die Flaschen zu wechseln, und irgendwie habe ich es getan.«

Ich nickte. Ich wollte sie nicht dazu drängen, noch mehr zu sagen, war aber schon dankbar, dass sie überhaupt diesen Schritt gegen ihren Bruder gemacht hatte.

»Du hast das Richtige getan«, bestätigte ich ihr.

»Er wird immer mein Bruder bleiben, egal wie sehr ich ihn verabscheue.«

Es war einen Moment still.

Wir respektierten uns das erste Mal wirklich gegenseitig und sahen uns mit einem aufrichtigen Lächeln an. Voller Wertschätzung für das, was wir bis hierhin erreicht hatten.

Schließlich fragte ich: »Warum habt ihr die Wahl gefälscht?«

»Du weißt ganz genau, warum«, erwiderte sie. »Ich habe damals gemerkt, wie du gelauscht hast. Auch wenn ich mich meinem Bruder anschloss, wollte ein Teil von mir, dass du ihn zur Rechenschaft ziehst.«

Ich grinste anerkennend. »Ach, so war das also.«

»Herr Reinsch zwang Herrn Berger dazu, mir Zugang zu den Stimmzetteln zu verschaffen, die ich dann fälschte.«

»Was hat Herr Berger gesagt?«

»Er wollte das dem Kommunalen Bildungsrat melden, doch dann merkte er, wie tief die Korruption schon verwurzelt war. Aus Angst und durch emotionalen Druck gab er nach.«

Ich nickte.

»Mit ein wenig Öffentlichkeitsarbeit wird Herr Reinsch sein Image schon wieder geradebiegen«, sagte sie.

Für einen Moment war es still.

»Ich habe es erneut getan«, sagte Tina schließlich.

»Was hast du erneut getan?«, fragte ich. »Wenn ich einmal die Wahl fälschen kann, kann ich es auch wieder tun.«

»Wovon sprichst du?«

»Herr Berger hat spontan entschieden, die Wahl zum Ballkönig und zur Ballkönigin mit mir zu fälschen. Deshalb hat er sich entschlossen, beim Abschlussball anwesend zu sein«, erklärte sie. »Du und Marlon werdet die meisten Stimmen bekommen.«

»Das würde Herr Berger tun? Aber er stellt sich doch gegen sowas.«

»Es ist notwendig, damit die Wahrheit ans Licht kommt.«

»Aber wir sind doch nicht anwesend.«

»Bald werdet ihr es sein«, sagte sie schließlich. »Ich habe dafür gesorgt, dass Emma dir die Beweise schickt. Du wirst sie nutzen, um ihre Machenschaften öffentlich zu machen.«

»Geht klar.« Ich bekam mein Handy zurück und verließ mit Tina das Gefängnis.

»Einen Moment, was ist mit Kevin?«

»Kevin muss hierbleiben«, meinte Tina ernst. »Florian ist eine Gefahr für ihn geworden. Er hält momentan Emma gefangen.«

Ich schlug eine Hand vor den Mund: »Geht es ihr gut?«

»Noch geht es ihr gut«, sagte sie.

»Können wir noch zu Marlon fahren? Ich muss ihm etwas Wichtiges sagen.«

»Von mir aus«, erwiderte Tina.

»Wie kommen wir aber dorthin?«, fragte ich. »Ich habe gerade das Auto von Theo geliehen. Er ist in der Schule und sehr beschäftigt.«

»Woher hast du die Autoschlüssel?«

»Die habe ich mir geborgt, während Theo auf Emma aufgepasst hat. Sie waren in seinem Büro. Dort ist übrigens auch der Schlüssel zum Schulgebäude, wo der Ball stattfindet. Wir kommen problemlos rein.«

»Wann wird die Wahl zum Ballkönig und zur Ballkönigin verkündet?«, fragte ich schließlich.

Tina blickte auf ihre Armbanduhr: »In einer halben Stunde. Um Mitternacht.«

65

Tina hatte recht.

Das Ganze fing mit ihr an. Das Ganze endete mit ihr.

Nun war ihr Verrat an ihrem Bruder die Wende in den Plänen unserer Gegenspieler. Der Rest verlief schnell.

Ich wurde entlassen. Das Erste, was ich um den Hals wickelte, war mein Schal. Schließlich rannten wir raus. Tina hielt meine Hand. Sie rannte vor. Ich rannte ihr hinterher. Wir stiegen ins Auto. Sie fuhr. Schnell.

Kein Abendkleid. Kein Make-up. Nur normale Kleidung, meinen geliebten Schal und meine Jacke. Ich stieg erneut ins Auto, als Tina mich zu Marlon fuhr und abrupt parkte.

»Beeilt euch!«, befahl sie.

Ich klingelte in der Hoffnung, dass er mich reinlassen würde.

Es war stockdunkel und regnete stark. Sehr stark. So stark, dass meine Haare innerhalb von Sekunden klitschnass waren.

Ich blickte auf die Uhr. Es war viertel vor zwölf.

Schließlich öffnete mir Marlon die Tür. Sein Blick scharf und düster, als er mich sah.

Er biss sich auf die Lippe und wollte die Tür gerade schließen, als ich einen Fuß dazwischen setzte.

»Verschwinde, Sophia«, sagte er kalt.

»Bitte hör mir zu.«, flehte ich.

Er rollte die Augen, bevor er seine Schuhe und Jacke anzog und auf mich zuging.

»Wer hat dir die Kaution bezahlt?«, fragte er schließlich.

»Tina hat mich befreit«, sagte ich, »Hör zu—«

»Tina?«, wiederholte er ungläubig.

Ich atmete laut auf: »Ja, Tina. Sie hat ihren eigenen Bruder verraten, der mir und Kevin das Verbrechen angehängt hat.«

»Wow – und jetzt bittest du mich um einen Gefallen.«

Ich schwieg. Wir kannten beide die Antwort.

Ich brauchte mehr als nur einen Gefallen von ihm. Es geht mehr als um diesen Plan. Schließlich bahnten sich meine Tränen einen Weg über meine Wange, die man aber vom Regen nicht unterscheiden konnte.

Marlon lachte höhnisch und zuckte mit den Achseln: »Ich kann dir leider nicht helfen.«

Er drehte sich um und lief in die Richtung seiner Haustür. Ich schämte mich in dem Moment. Gänsehaut breitete sich über meinen ganzen Körper aus. Ich hätte nicht hier sein sollen. Er vertraute mir nicht, aber ich möchte mich durchsetzen. Er wird mich immer als seine Erzfeindin sehen, aber er musste mir einmal helfen.

»Emma wird gerade gefangen gehalten«, sagte ich bestürzt.

Er drehte sich um und seine Augen weiteten sich.

»Wie bitte?«, fragte er eindringlich.

»Sie wird von Florian und Herrn Reinsch gefangen gehalten. Herr Reinsch und Florian setzen Emma unter Druck, damit sie die Beweise der Leitung löscht«, erklärte ich ihm. »Tina hat die Wahl gefälscht, sodass wir Ballkönig und Ballkönigin werden können und in unserer Rede Herr

Reinsch ein für alle Mal ausschalten können.«

Ich atmete und stotterte, während Marlon kontrolliert blieb.

»Also gut. Ich hätte niemals gedacht, dass die Situation dermaßen eskaliert. Ich tue es aber ausschließlich für Emma, nicht für dich. Das solltest du wissen!«, entgegnete er mir scharf.

Mich verletzte es. Ich hasste es, wenn er mit mir so sprach. Ich brauchte den Marlon, der mich beruhigt hat, als ich aufgebracht war, weil Herr Reinsch nicht mit mir verhandeln wollte.

Ich brauchte den Marlon, mit dem ich meinen ersten Luxusurlaub haben würde. Ich brauchte den sensiblen, verständnisvollen Marlon, der mich an den Armen hielt. Aber er verachtete mich und das habe ich nur mir zu verdanken.

So oft möchte ich ihm sagen, wie sehr ich ihn liebe, aber ich weiß nicht, wie ich es ihm sage.

Ich sehnte mich nach ihm. Nach seinem Verständnis. Nach seiner Berührung. Nach seiner Fürsorge.

»Wir werden die Wahlfälschung offenlegen und dann wirst du Schulsprecher. Die Spenden deines Vaters werde ich nicht erwähnen«, meinte ich. »Das, was sie mir und Kevin vor ein paar Wochen antat, war ebenfalls genug. Tina hat mir Gesprächsaufzeichnungen gegeben.«

»Das Amt des Schulsprechers ist mir gleichgültig«, sagte er, »Von mir aus kannst du auch offenlegen, was mein Vater getan hat.«

Ich schluchzte kleinlaut: »Aber mir ist es nicht gleichgültig. Ich möchte, dass du Schulsprecher wirst.«

Schließlich fing ich an zu weinen. Es war alles zu viel. Diese Härte. Diese Kälte. Es gab kein Zurück mehr. Ich konnte nichts wiedergutmachen.

Das Einzige, das noch möglich war, war eine harte Konfrontation.

»Wenn die Umstände nicht so gewesen wären, dann hättest du die Privilegien genossen. Dann hättest du gar nicht erst vorgehabt, die Korruption anzusprechen«, warf ich ihm vor, »Du bist nicht so unschuldig, wie du erscheinst.«

»Verdammt, Sophia!«, erwiderte er knallhart, bevor er auf mich zukam: »Wenigstens habe ich etwas mehr Mitgefühl für die Menschen da draußen.«

»Das habe ich auch«, entgegnete ich, »Alle Entscheidungen von mir wurden im Wohle der Schulgemeinschaft getroffen, um für ein gerechtes Schulleben zu sorgen.«

Marlon keuchte aufgebracht auf: »Genau dasselbe behaupten Florian und Herr Reinsch!«

»Also gut«, gab ich schließlich zu, »Ja, es ging mir ein Stück weit um persönlichen Machtzuwachs.«

Marlon blickte mich erwartungsvoll an. Ich würde ihm das geben, was er am wenigsten hören wollte.

»Ich wollte dein Vertrauen gewinnen, um schließlich diese Informationen zu bekommen und diese als Druckmittel zu verwenden, damit ich Schulsprecherin werde«, rief ich. »Aber der Plan hat sich geändert!«

»Ach ja? Woher der plötzliche Sinneswandel?«

»Ich habe mich in dich verliebt, Marlon«, flüsterte ich. »Und ich hasse es, dass du diese nicht erwidern kannst.«

Er führte seine Hände an mein Kinn, bevor er mich fest und leidenschaftlich und fast aggressiv küsste. Ich zuckte für einen Moment zusammen, bevor ich den Kuss erwiderte und meine Arme an seinen Nacken verrenkte. Er wollte mich. Er wollte mich die ganze Zeit über schon. Er konnte es nur besser verbergen. Schließlich atmete er laut auf.

»Du hast davon gesprochen, dass du Mitgefühl für diejenigen hast, denen Ungerechtigkeiten widerfahren sind«, wisperte er, »Hast du diese selber schonmal erlebt?«

Ich nickte schließlich. Ich wusste es nicht, aber irgendwie zeigte ich mich angreifbar.

»Ja, habe ich.«

Er wandte seinen Blick von mir ab und streichelte schließlich meinen Hals.

»Dein Hals ist wunderschön«, hauchte er, »Zieh den Schal aus, Sophia.«

Es war eine sanfte Aufforderung und irgendwie gehorchte ich ihm, obwohl ich nie zeigte, was sich unter meinem Schal verbarg. Die Narbe. Die Schnittwunde an meiner Halsschlagader:

Ich blickte ihn mit großer Angst an. Ängstlich, aber auf einer besonderen Vertrauensbasis.

»Wer hat dir das angetan?«, fragte er.

Ich bemerkte, wie er versuchte, seine Wut zu unterdrücken.

»Mein Vater«, sagte ich mechanisch. Ich war wie gelähmt in dem Moment. Er streckte seine Hand aus und ich sah, wie er die Stelle berühren wollte. »Woher wusstest du das—«

»Du hast im Gefängnis keinen Schal getragen.«

Ich fühlte mich so ertappt, aber ich fand es nicht schlimm – nicht bei ihm.

»Darf ich?«, fragte er vorsichtig, bevor ich leise nickte.

Er streichelte die Wunde mit seinem Finger.

»Ich wünschte, ich könnte sie heilen.«

»Mach das Beste draus«, flüsterte ich.

Schließlich führte er sein Gesicht an meinen Hals und küsste die Narbe sanft.

Ich griff mit meinen Händen seinem Kopf und zog ihn näher an meinen Hals, sodass sich seine Lippen in diesen vergruben.

Ich keuchte auf, während er an dieser Stelle saugte und nicht aufhörte, mir Küsse zu geben.

Ich liebte es. Ich liebte ihn. Ich fühlte mich so begehrt und es war schon so, als ob meine Unsicherheiten abgeheilt wären. Für einen Moment.

Ich spürte diese Leidenschaft. Es waren keine bedeutungslosen Küsse. Er liebt mich wirklich.

Er liebte mich anders, als mein Vater meine Mutter geliebt hat. Oder Florian Emma liebte.

Schließlich ließ er los und lachte. Mein Halsbereich fühlte sich komisch an, als ich daran rieb.

»Jetzt hast du ein anderes Problem«, flüsterte er mir zu, »Der violette Fleck steht dir.«

Ich errötete.

Ich hatte einen Knutschfleck.

Ich konnte nicht sagen, ob ich es süß oder peinlich fand. Nur dass ich errötete und Marlon ein unglaublicher Mensch war. Ich bin froh, ihn zu haben.

Schließlich blickte ich auf meine Uhr: »Zehn vor zwölf. Zieh dir schnell einen Anzug an. Wir müssen zum Abschlussball.«

»Das schaffen wir nicht«, erwiderte er.

»Tina fährt uns.«

66

Tina fuhr uns schließlich zum Ball. Wir rannten zu dritt hektisch zum Ballsaal und mischten uns in die Menge.

Es war voll, laut. Die bunten Lichter funkelten hin und her und die Musik dröhnte in den Ohren. Plötzlich hörte diese auf.

»Guten Abend, meine Lieben«, ertönte es von ganz vorne.

Herr Reinsch war hier. Er war hier. Genau hier in diesem Ballsaal. Im Gegensatz zu uns erschien er in formeller Kleidung und blickte uns mit diesem höflichen und förmlichen Lächeln an.

»Heute bin ich hier und habe viel zu sagen über die Feier und dieses Schuljahr.«

Dann will ich das mal hören.

Marlon und ich stellten uns weit nach hinten. Wir verdeckten uns in der Masse, damit er uns bloß nicht sah.

»Ich weiß, es war ein turbulentes Jahr in der Schule. Und nächstes Jahr gehen einige von euch nach dem Abitur«, sagte er. »Ich möchte sagen, dass ihr mir in den drei Jahren als Schulleiter wirklich ans Herz gewachsen seid. Ihr seid eine einzigartige und faszinierende Gemeinschaft, die ich in den vielen Jahren vorher noch nicht erlebt habe.«

Damals hieß es noch, dass wir schlimm wären.

»Ich bin wirklich froh, Teil dieser Gemeinschaft zu sein. Wir müssen unser Vertrauen unbedingt stärken. Wir müssen füreinander da sein. Und deswegen habe ich mithilfe des tollen Schülervertretungsteams diese Party organisiert.«

Es applaudierten alle. Ich ebenfalls.

Klatsch. Klatsch.

Aber es war erzwungen. Erzwungen.

Alles war erzwungen. Er las diese kurzen vermeintlich wohlwollenden Sätze von einem Blatt ab. Ich brodelte vor Ungeduld und konnte es kaum erwarten, auf diese Bühne zu stürmen.

»Nun kommt der Teil, auf den ihr alle gewartet habt«, sagte Herr Reinsch. »Wie jedes Jahr gibt es wieder eine Wahl zum Abschlussballkönig beziehungsweise zur -königin.«

Er blickte auf sein Handy: »Eine Mitschülerin hat die Stimmen in dieser Nacht gezählt. Ich habe diese soeben erhalten.«

Schließlich tippte er mehrfach auf sein Handy, bevor er sagte: »Der diesjährige Abschlussballkönig ist … *Marlon von Reventlow.«*

Er betonte seinen Namen mit einer Mischung aus Verwirrung und Unbehagen. Schließlich ging er nach vorne. Herr Reinsch setzte ihm die Krone auf. Der finstere Blick, den er der Menge dabei zuwarf, war nicht zu übersehen.

»Die Krone für die diesjährige Abschlussballkönigin geht an … *SOPHIA BECK!«*

Ich trat auf die Bühne und mein Blick richtete sich kurz auf Tina, die ihr hübsches Grinsen aufsetzte.

Es fing mit Tina an. Es endete mit Tina.

Die Menge sah mir erstarrt an. Ich. Vor ein paar Stunden noch im Gefängnis. Nun ohne Abendkleid, einem Knutschfleck und einem hübschen Jungen an der Seite. Er umklammerte mich an meiner Taille. Ich wollte in diesem Moment nicht sprechen. Ich schämte mich auch, in Herrn Reinschs Richtung zu blicken.

»Alle mal herhören!«, sagte Marlon stürmisch. »Für Wochen wurde dieses wunderschöne Mädchen zu Unrecht eingesperrt. Für ein Verbrechen, das man ihr angehängt hat.«

Ich spürte die Röte in meine Wangen aufsteigen.

»Vandalismus, Hetze, Verleumdung, sogar Morddrohungen wurden ihr vorgeworfen. Und das von einer Person, die wir respektieren sollten. Die uns ebenfalls schätzen sollte.«

»Wer war das?«, rief schließlich ein Mitschüler.

»Ich glaube dir nicht«, sagte ein anderer.

»Ihr glaubt mir nicht? Ich habe Beweise, dass unser treuer Schulleiter, Herr Reinsch, mit drinsteckt.«

Ich holte mein Handy raus und spielte die Audioaufnahme ab:

»Du hast mir vor einiger Zeit erzählt, dass du Sophia nach dem Ethikunterricht um achtzehn Uhr immer noch im Oberstufenraum siehst, wenn die Schule eigentlich schließt.«

»Ja, das stimmt. Warum möchtest du das wissen, Theo?«

»Ach, es ist, um eine wichtige Sache zu bereden. Könntest du mir einen Gefallen tun?«

»Natürlich.«

»Trinke nicht aus dem Wasser. Vertausche deine mit Sophias Wasserflasche.«

»Aber warum—«

»Tu es einfach.«

Ich stoppte die Audioaufnahme: »Das war die Audioaufnahme einen Tag vor dem Vorfall. Ich habe Angaben gemacht, mich nicht an das

Geschehene erinnern zu können«, erklärte ich. »Das Wasser wurde weggeschüttet und ich wachte Stunden später wieder auf. Es stellte sich heraus, dass K.-o.-Tropfen in meinem Wasser waren und andere die Graffitis gesprüht haben.«

Marlon staunte selbst, er war überrascht, diese Enthüllung zu hören.

»Jetzt fragt ihr euch sicher, warum Herr Reinsch das tun würde«, stellte Marlon fest. »Wir wissen Dinge über ihn, die er bisher geheim hielt.«

»Ja. Es wäre natürlich problematisch, wenn Marlon, der Schulsprecher wäre. Er hätte viel gegen uns in der Hand.«

»Oh, Tina. Was hast du nur getan, dass er mit dir Schluss machen wollte. Das war eine schöne Zeit, in der ihr euch noch geliebt habt.«

»Na ja, es war schon großzügig von seinem Vater, das Bundeszentrale Bildungsamt mit Spenden zu korrumpieren, damit ich auf deine Schule versetzt werde. Damit ich dafür sorge, dass es dir immer gut geht. Sein Vater war ein guter Mensch. Wir haben uns hervorragend verstanden.«

»Wow, so bist du also auf unsere Schule gekommen. Wie viel Geld war das denn?«

»Insgesamt überreichte mir sein Vater zwei Millionen.«

Den Personen im Raum fiel die Kinnlade herunter. Herr Reinsch verließ schließlich den Ballsaal, während ich Marlon mit meinem Ellenbogen anstieß.

»Komm, gehen wir ihr hinterher!«, flüsterte ich ihm zu.

Ich zerrte ihn mit und ging zu Tina.

»Er ist im D-Bau Computerraum Nummer acht, folgt mir!«, sagte sie.

Tina wusste genau, wo Florian sich aufhielt.

Wir liefen zum Ausgang und schließlich zu den Computerräumen.

67

Florian

Seit über zwei Stunden befand ich mich mit Emma in dem Computerraum. Ich war wütend auf sie. Unglaublich wütend. Sie blickte mich mit diesen hilflosen Augen an. Unwissend, was ich als Nächstes anstellen würde. Ich trat hervor, während sie zurückweichte, bevor ihr Rücken gegen die Wand prallte und sie zu Boden ging. Den Bleistift ließ ich auf dem Tisch liegen.

»Florian, ich habe die Beweise doch gelöscht«, schluchzte sie leise. »Was willst du noch von mir?«

»Ich vertraue dir nicht«, fauchte ich.

»Ich habe das getan, was du von mir verlangt hast«, meinte sie. »Lass mich gehen!«

Emma hatte grundsätzlich recht. Sie hat die Beweise gelöscht, weil Tina sie dazu gebracht hat. Ich hatte keinen Grund mehr, sie gefangen zu halten. Ich ließ den Bleistift fallen. Ich brauchte ihn nicht mehr, denn sie hat schon das getan, was ich mir von ihr gewünscht habe.

Doch ein Teil von mir wollte sie gefangen halten.

Ein Teil von mir wollte sie unter meiner Kontrolle haben.

»Das werde ich nicht tun.«

Plötzlich stürmte Herr Reinsch hinein.

»EMMA, WAS HAST DU GETAN?«, kreischte er. Er ging auf Emma zu und gab ihr eine Ohrfeige.

»Ahh«, stöhnte Emma schmerzerfüllt. »Was soll ich denn getan haben?«

»Wie sind Sophia und Marlon an die Beweise gekommen? Hast du sie ihnen geschickt?«

Emma schüttelte den Kopf.

»Lüge mich nicht an!«, zischte er.

Emma gab keine Antwort von sich.

»Was ist passiert?«, fragte ich empört. »Sophia und Marlon? Beweise?«

»Sophia und Marlon sind hier. Sie haben alle Beweise offengelegt!«, erklärte Herr Reinsch aufgebracht. »Auch, dass ich die Wahl für dich gefälscht habe, Florian!«

Ich stieß einen lauten Atemzug aus. Einen gefüllt mit Zorn und Gehässigkeit.

»WIE KANN DAS SEIN, EMMA?«, brüllte ich.

Ich hasste dieses Mädchen nur noch. Sie hat sich so viele Male gegen mich widersetzt. Die Liebe und die Hoffnung waren erloschen. Wie sagt man so schön: Liebe und Hass stehen nah beieinander. Ich nahm den Bleistift.

Plötzlich öffnete Tina die Tür: »Ich habe es getan!«

68

Sophia

Marlon und ich rannten Tina hinterher und kamen schließlich an. Ich konnte nicht glauben, was ich da sah.

Herr Reinsch blickte Tina gefährlich an. Seine Augen rissen weit auf, während Tina ruhig und gelassen auftrat. Ich rannte auf Emma zu. Sie saß da. So schwach und verletzlich. Arme und Beine drückte sie gegen ihren Oberkörper, während sie ihren Kopf nach unten senkte. Sie verdeckte ihr Gesicht mit ihren Haaren.

»Geht es dir gut?«, flüsterte ich.

Keine Antwort. Ich klopfte auf ihre Schulter und begab mich zu Tina. Herr Reinsch konfrontierte sie.

»Wie konntest du nur?«, flüsterte er.

»Ich kann dein Verhalten nicht mehr länger ertragen«, erwiderte Tina gehässig, »Du hast jeden Aspekt meines Lebens kontrolliert und ich habe es nicht einmal gemerkt.«

»Kontrolliert? Ich habe dir das bieten können, was andere Personen ihren Geschwistern niemals bieten können«, lachte er spöttisch.

»Zeig gefälligst etwas mehr Dankbarkeit gegenüber deinem Bruder«, zischte Florian schließlich, »Er ist gütig und hilfsbereit.«

»Du bist blind, Florian«, sagte Emma schließlich.

»Ich dachte auch, dass ich ihm Dankbarkeit schuldig wäre«, meinte Tina ruhig. »Aber mit mir geht er genauso um wie mit dir, Florian.«

Florian war Mittel zum Zweck. Von beiden Seiten aus. Die Frage war, von welcher Seite er sich lieber leiten ließ.

»Ein gütiger und hilfsbereiter Schulleiter würde niemals zwei unschuldige Personen ins Gefängnis schicken«, meinte Marlon.

»DAS IST DER PUNKT! SOPHIA UND KEVIN SIND NICHT UNSCHULDIG«, brüllte Florian.

»Hör auf!«, sagte Marlon.

»Ach, Marlon. Mich wundert es, dass du das gerade sagst.«

Schließlich wandte er seinen Blick auf meinen Hals.

»Schöner Knutschfleck an der Narbe, Sophia«, höhnte er. »Deinen Freund hast du auch noch geschickt um den Finger gewickelt.«

»Wach auf, Florian!«, erwiderte ich bitter, »Siehst du nicht, was du anrichtest?«

»Ich bringe Ordnung und Gerechtigkeit an diese Schule«, zischte er, »Kevin hat es verdient mit dir bestraft zu werden, für das, was ihr den Menschen antut.«

Das hat er gerade nicht gesagt.

»Merkst du nicht, welche Folgen dein Handeln jetzt schon mit sich bringt?«

»Sophia, HÖR AUF!«, kreischte er, bevor er seine Stimme senkte und seinen Blick auf Marlon richtete.

»Ich hätte es wissen müssen, dass du hinter meinem Platz her bist«, sagte er schließlich. »Die Wahl wurde für gute Zwecke gefälscht, weil mir der Platz zusteht. Du und Sophia werdet es noch bitter bereuen!«

Der Junge blufft.

»Gute Zwecke?«, wiederholte Marlon empört. »Die Wahl wurde gefälscht, um zu verhindern, dass ich die Taten des Direktors anspreche.«

»Genau«, sagte Herr Reinsch. »Die Taten, die dazu dienen, dass das Schulsystem gerecht für alle ist.«

»Ihr wollt doch nur die bevorzugten Leute an der Spitze haben«, brachte Florian hervor, während er seine finstere Miene auf mich und Marlon richtete.

»GENUG!«, schrie Emma, bevor sie Florian wütend anblickte. Ihr Blick war dunkel, dann war ein hinterhältiges Grinsen erkennbar.

»Du hast recht, Florian«, sagte sie mit bedachter Stimme.

»Womit?«

»Wir haben dich benutzt«, gab sie zu.

Was redet sie da?

»Wir haben dich alle benutzt. Ich und Sophia haben zusammengearbeitet.«

Er nahm seinen Bleistift und umklammerte ihn fest. Emma blickte auf meine Narbe am Hals, dann auf die spitze Bleistiftmine.

»Du musst dich sicher verraten gefühlt haben, damals«, sagte sie. »Du fühlst dich wahrscheinlich immer noch verraten.«

Er atmete stark auf und versuchte, seine Wut zu kontrollieren.

»Nein«, entfuhr es ihm.

»Doch. Es hat schon viel Spaß gemacht, mit dir zu spielen«, erzählte sie. »Und du warst so schwach. So arm.«

Seine Miene wurde finsterer. Er stand direkt vor ihr, während sie aufstand und zur Seite blickte. Ihre Haare auf die linke Seite. Sie reckte ihren Hals, während sie zu mir rüber sah.

»Das kann nicht sein.«

»Ich bin eine gute Schauspielerin, nicht wahr?«

Florian stotterte aufgeregt: »Wie? I-Ich verstehe nicht—«

»Ich war ebenfalls beteiligt. Ich wusste, dass Sophia die Wahlfälschung offenlegen würde, aber es war mir egal«, sagte Emma. »Außerdem warst du so naiv und leichtgläubig und hast wirklich gedacht, dass wir mit dir befreundet sein wollen. Dabei wollten wir doch nur Einfluss auf deine Politik nehmen.«

Florian ballte seine Faust.

»HÖR AUF!«

»Du hast gesagt, dass Sophia und Marlon es bitter bereuen werden, aber was ist mit mir?«, fragte sie.

»Ich kann dich nicht bestrafen, Emma«, flüsterte er.

»Warum nicht?«

Er schwieg.

»KOMM SCHON! WARUM NICHT?«, schrie sie plötzlich.

»Weil ich dich liebe«, flüsterte er, während eine Träne aus seinem Auge rollte.

Emma höhnte: »Habt ihr das gehört? Weil er mich liebt!«

»Ich kann dich nicht hassen, Emma. Und ich kann dich nicht dafür bestrafen.«

»Ist es nicht eine Doppelmoral, die du verfolgst? Gegen Sophia und Marlon vorzugehen, aber nicht gegen diejenige die du liebst?«

Nein. Sie will doch nicht etwa ...

»Allerdings«, erwiderte Florian wie gelähmt.

»In der Politik haben persönliche Angelegenheiten nichts verloren«, sagte Emma.

»Das haben sie nicht«, stimmte Florian zu.

Emma begab sich zur Wand und lehnte sich an. Sie ordnete ihre Haarsträhnen zur rechten Seite und blickte mich grinsend an.

»Du hast einen spitzen Bleistift in deiner Hand«, bemerkte sie. »Du weißt, was du mir damit antun kannst.«

Ihr Blick wanderte auf meine Halsschlagader.

»Nein, Emma. Ich werde dich nicht verletzen.«

»Du wirst mich nicht verletzen. Du wirst mich umbringen müssen.«

»Hör auf, Unsinn zu reden.«

»Du setzt dich für die Gerechtigkeit ein.«, meinte Emma scharf. »Komm schon, steh zu dem, was du gesagt hast. BEENDE DEINEN AUFTRAG UND STICH VERDAMMT NOCHMAL ZU!«

Es ging alles viel zu schnell. Er holte mit seinem Bleistift aus …

Tina stellte sich dazwischen.

»NEIN!«, kreischte sie.

… und er stach zu.

69

Es war eine Kurzschlussreaktion.

Ich war perplex. Ich war wie gelähmt und atmete die ersten Sekunden vor Schreck auf.

Er traf nicht Emma, sondern Tina. Tina Reinsch.

Das Blut spritzte aus ihrer Halsschlagader, wie es bei mir damals auch spritzte. Ihr schmerzerfülltes Gesicht versetzte mich in Panik.

Die Geschichte wiederholt sich. Das hat sie schon immer getan.

»RUFT EINEN KRANKENWAGEN!«, schrie Emma.

Marlon tippte die Notrufnummer, während Herr Reinsch vor Schock nur seine Hand vor dem Mund halten konnte.

Florian war es gleichgültig.

70

Tina starb diese Nacht nicht.

Ich war erleichtert, als ich hörte, dass sie noch lebte.

Ihr wurde das Blut über Notfallreserven der Blutbank gespendet. Wir kamen alle langsam runter. Der Adrenalinkick war vorbei.

Emma, Marlon und ich saßen im Wartezimmer.

Ich dachte an mich. Wie mein zehnjähriges Ich im Krankenhaus lag, genau wie Tina dort jetzt lag. Ich versteckte die Narbe nicht mehr. Meine Tränen genauso wenig. Ich weiß nicht, ob ich bestürzt oder erleichtert war.

Bestürzt über die Geschehnisse. Erleichtert über die Tatsache, dass jetzt alles vorbei war.

Ich konnte nicht mehr.

Marlon legte seinen Arm um meine Taille. Er hielte mich fest, während er mir eine Träne vom Auge wegwischte.

»Ich liebe dich, Sophia«, flüsterte er.

Wir drei besuchten Tina, Marlon schenkte ihr ein warmes Lächeln.

»Wie geht es dir?«, fragte er fürsorglich.

»Es geht mir gut, danke«, erwiderte sie.

Schließlich wandte sie ihren Blick an Emma: »Warum hast du das getan?«, fragte sie schließlich. »Warum wolltest du dich umbringen lassen?«

»Weil ich komplett versagt habe«, antwortete Emma schließlich.

»Das hast du nicht«, erwiderte ich. »Du warst so gut.«

»Ich hätte wissen müssen, dass Florian mich in eine Falle lockt. Und die Situation schien so ausweglos und war so aufgeladen zugleich, dass …«

»… dass du kapitulieren wolltest«, beendete ich ihren Satz.

Sie nickte: »Genau.«

»Ein Glück, dass wir alle überlebt haben«, sagte Marlon schließlich erleichtert.

»Marlon«, sagte Tina schließlich.

Er drehte sich um: »Ja?«

»Es tut mir leid. Es tut mir leid, das alles letztes Jahr», entschuldigte sie sich, »Ich hoffe, dass wir Freunde bleiben können.«

Er lächelte: »Natürlich, Tina.«

Ich lockerte die Stimmung schließlich auf: »Falls er sich schlecht benimmt, kann ich dich nach Beziehungstipps fragen.«

Schließlich lachten alle.

»Wir sollten uns wirklich mal alle treffen. Nächstes Schuljahr«, schlug Emma vor.

»Das ist eine gute Idee«, sagte ich.

71

Die Sonne strahlte auf meine Haut, es war der erste Schultag. Ein schöner, friedlicher, intensiver Schultag, wie ich ihn lange nicht erlebte. Dennoch dachte ich jeden Tag über die Ereignisse von letztem Jahr nach. Ich vermisste die Spannung. Den Adrenalinkick. Gleichzeitig war ich erleichtert, dass es vorbei war. Ein Alltag ohne Planung von Hinterhalten, ohne einen manipulierten Schulsprecher und ohne versuchten Mord.

Kevin wurde am Samstag, einem Tag nach dem Abschlussball aus dem Gefängnis entlassen. Dennoch blieb Emma bei der Entscheidung, mit ihm endgültig Schluss zu machen, da sie ihm Florians Mobbingerfahrungen übelnahm. Kevin war ebenfalls wütend auf Emma, da sie sich beinahe von ihm umbringen lassen hatte. Währenddessen kamen Herr Reinsch und Florian ins Gefängnis.

Das Strafmaß wurde für beide noch ermittelt. Bei Florian war es unklarer, da er noch minderjährig war und er das erste Mal diese Art von Verhaltensauffälligkeiten zeigte. Außerdem wurde der Einfluss von Herrn Reinsch als Auftraggeber und vermeintlich moralische Autoritätsfigur berücksichtigt.

Ich ging davon aus, dass Florian mindestens fünf Jahre bekommt. Sie hängten uns ebenfalls ein Vandalismusverbrechen und Morddrohungen an. Tina war hin- und hergerissen: Einerseits war sie glücklich, weil sie ihren Bruder losgeworden war. Sie lebte nun bei ihrer Oma. Aber manchmal vermisste sie auch die Zeiten mit ihrem Bruder, denn die waren nicht alle schlecht.

Ihre Freunde wollten nach den Vorfällen und dem Tratsch mit Tina nichts mehr mit ihr zu tun haben, also gesellte sie sich oft zu mir. Sie erzählte mir oft von ihren Gefühlen und ich hörte ihr zu.

Ihre Freunde waren überzeugt davon, dass Tina verrückt sei. Sie trauten ihr nicht, aufgrund des schlechten Rufes ihres Bruders. Möglicherweise waren die Geschehnisse aus Tinas Sicht, ein Weg sich von ihrer eigenen Schuld freizusprechen.

Sie war wie eine Schwester, die ich mir immer gewünscht habe. Wir teilten beide eine Narbe. Eine Narbe, die daraus resultierte, dass wir eine andere Person schützen wollten.

Marlon und ich kamen zusammen und wir waren glücklich. Ich war glücklich und es gab nichts, was unserer Beziehung im Weg stand.

Für die Wahlfälschung wurde er entschädigt: Er wurde Schulsprecher dieses Jahres – ohne eine demokratische Wahl. Jedoch meinte er, dass ich das Amt mehr verdient hätte als er.

Wir kamen beide zu dem Entschluss, dass Emma das Amt am meisten verdient hatte.

Sie bewies so viel Stärke und Durchhaltevermögen, während sie von uns so isoliert war.

Sie war glücklich. In der zehnten Klasse, ein Jahr vor der Oberstufe, das Amt als Schulsprecherin übernehmen zu dürfen. Sie sprach vor der Menge mit dem strahlenden Lächeln, das ich an ihr so mochte. Sie zeigte in der Vergangenheit so viel Engagement. Es tat ihr wirklich gut.

Wir engagierten uns alle in der Schülervertretung und halfen regelmäßig mit. Herr Berger entschuldigte sich für sein Verhalten von letztem Jahr und wir bekamen eine neue Schulleitung.

»Willkommen zu unserer ersten Schülervertretungsstunde!«, verkündete Emma stolz, »Ich hoffe, ihr hattet schöne Ferien.«

Wir alle nickten.

»Gibt es irgendein Anliegen von eurer Seite aus?«, fragte sie.

Ich meldete mich und warf Herrn Berger einen Seitenblick zu, mit Grinsen.

Er wusste genau, was ich sagen wollte.

»Ja, Sophia?«, fragte Emma.

»Ich wünsche mir mehr Aufklärung über die Geschehnisse von letztem Jahr. Das kollektive Schweigen der Lehrkräfte soll ein Ende haben«, betonte ich, »Mein Ruf wurde schlechtgemacht, während man mir ein Verbrechen angehängt hat.«

Herr Berger klatschte: »Sehr gut, Sophia! Dafür setze ich mich auch ein!«

ENDE

Danksagung

Ich möchte mich bei folgenden Personen für ihre Unterstützung bedanken: bei Vivien, Emely und Tazmeen, Yannika und Sinah, meinen Lektorinnen Jana und Karolin, der Schülervertretung und Schülerzeitung, Emily und Frau Suzanne Zaje für ihre Ratschläge und zuletzt meiner Familie für ihre Unterstützung.

Über die Autorin

Lilia Selice ist eine deutsche Schriftstellerin aus Frankfurt, die nebenbei Schülerin ist und gerade ihr Abitur macht. Ihre Leistungskurse sind Englisch und Deutsch und sie träumt von einem Jura Studium auf der Goethe Universität in Frankfurt. In ihrem Debütroman veranschaulicht sie Machtverhältnissen und Ungerechtigkeiten im deutschen Schulsystem und stellt die Schülerschaft mit dem Lehrpersonal gegenüber. In ihrer Freizeit liest sie gerne, kocht gerne und spielt Videospiele.

Instagram: @Liliaselice
Tiktok: @Liliaselice